少年陰陽師

しょうねん　おんみょうじ

少年陰陽師 拾柒

眞相之聲

真実を告げる声をきけ

結城光流—著　涂愫芸—譯

重要人物介紹

藤原彰子
左大臣藤原道長家的大千金，擁有強大靈力。基於某些因素，半永久性地寄住在安倍家。

小怪
昌浩的最好搭檔，長相可愛，嘴巴卻很毒，態度也很高傲，面臨危機時便會展露出神將本色。

安倍昌浩
十四歲半的菜鳥陰陽師，父親是安倍吉昌，母親是露樹，最討厭的話是「那個晴明的孫子」。

六合
十二神將之一的木將，個性沉默寡言。

紅蓮
十二神將的火將騰蛇，化身成小怪跟著昌浩。

爺爺(安倍晴明)
大陰陽師。會用離魂術回到二十多歲的模樣。

朱雀

十二神將之一的火將，使的是柔和的火焰。與天一是戀人。

天一

十二神將之一的土將，是絕世美女，朱雀暱稱她「天貴」。

勾陣

十二神將之一的土將，通天力量僅次於紅蓮，也是個兇將。

太陰

十二神將之一的風將，擅使龍捲風，個性和嘴巴都很好強。

玄武

十二神將之一的水將，個性沉著、冷靜，聲音高亢，外型像小孩子。

青龍

十二神將之一的木將，從很久以前就敵視紅蓮。他有另一個名字「宵藍」。

風音

道反大神之女，在深沉的睡眠療癒中，被真鐵奪走了軀體。

白虎

十二神將之一的風將，外表精悍。很會教訓人，太陰最怕他。

天后

十二神將之一的水將，個性溫柔，但有潔癖，厭惡不正當的行為。

真鐵

奪走風音軀體的術士。

多由良

跟隨真鐵的灰黑色大狼。

茂由良

灰白色大狼，是多由良的弟弟。

比古

與昌浩年紀相仿的少年，在無意之間救起了身受重傷的昌浩。

藤原敏次

陰陽生，在陰陽寮裡是昌浩的前輩，個性認真，做事嚴謹。

比古。

比古。

比古啊！

拜託祢伸出援手。

棲息此地的比古神啊！請幫幫忙。

1

凶日齋戒究竟要做到什麼程度，才能完全去除污穢呢？將式盤與種種書籍對照過後，他垂下肩膀，吐出面臨世界末日般的嘆息。

「敏次，我可以進去嗎？」

木拉門外傳來聲音，他慌忙回答：

「不可以，母親！我正在齋戒淨身，我這身污穢會轉移給母親！」

他彷彿可以看到木拉門外的母親是多麼憂心忡忡。

「可是……都已經第四天了，應該多少去除了一些污穢吧？我都照你的吩咐，把除魔的符咒、器物等擺在該擺的地方了。」

「不，母親，這次的凶日性質跟平常曆書上記載的不一樣。」

如此嚴厲宣告後，敏次赫然張大眼睛，慌忙補充說明：

「不過，沒有生命危險。據我調查，最好再閉關五天。在這之前，母親，對不起，飲食上會比較不方便，麻煩您了。」

稍微喘口氣後，他又淡淡地補上一句：

「放心，真的只是凶日假，沒有什麼值得擔心的。」

一直憋著氣的母親，這才安心地苦笑起來。

「我知道了……」

「是。」

敏次感覺到母親的聲息逐漸遠離，卻又聽到沉穩的聲音說：

「敏次。」

「什麼事？」

正要打開書的敏次停了下來。

「讓你多費心了……請原諒媽媽設想不周。」

敏次屏住氣息，沒想到母親會這麼說，他不知道該如何反應。

他搖搖頭，又想到這麼做沒有聲音，於是扯開嗓門說：

「不、不會，我沒有特別費心……呃，啊！是有顧慮到母親的心情，其他就沒多想了。」

「沒關係。我知道，那件事之後，我變得很脆弱，你一直很擔心我……不能再這樣下去了。」

敏次站起來，把手搭在木拉門上，但是沒有打開的意思。因為他怕污穢會散播開來，所以盡量不想與家人接觸。

他總是時時刻刻提醒自己，不要讓大家擔心。

他自己也知道，過度嚴以律己的藤原敏次，就是這樣塑造出來的。

下定決心後，他開口說：

「呃，母親，可以拜託您一件事嗎？」

發現木拉門外的母親有點驚訝，他難得說起話來變得吞吞吐吐。

「長時間關在房裡，還是有點悶熱……所以，可以幫我準備水桶嗎？還有手巾。」

說完後，沒有任何回應，敏次趕緊補充說：

「啊！如果您很忙，就不必了……」

木拉門外響起衣服摩擦聲。

「你在說什麼啊！這點小事，要我做多少件都行。」

聽著逐漸遠去的腳步聲，敏次癱坐在木拉門前。

「真糟糕，好緊張，一點都不像我。」

絕不依賴、絕不撒嬌、絕不成為母親的負擔。

在行元服禮之前，敏次就下了這樣的決心。

轉眼已經過很久了呢！敏次不由得這麼想。他稍微打開緊閉的板窗，耀眼的陽光讓他瞇起了眼睛。

「我就快跟你當時同年紀了，哥哥。」

眼底浮現很久以前去世的哥哥的身影，敏次臉上閃過一抹寂寞。

同時，與自己一起遭遇妖怪、現在正請凶日假關在家中的後輩臉龐，也浮現腦海。

他也有兩個年紀跟他差很多的哥哥，上面那個哥哥的氣質，跟敏次的哥哥有點像。

在陰陽寮，偶爾會看到他們三兄弟在一起。後輩是最小的弟弟，平常都很努力學習成長，但是跟哥哥們在一起，就會變成小弟弟的樣子。

敏次再也不可能有他那種表情，替他高興的同時，難免也有些嫉妒。

「……應該不會吧！」敏次突然繃起臉來，「昌浩應該不會又偷跑出去，沒在家齋戒淨身吧？」

以前他曾向陰陽寮請病假，大半夜時卻在京城的大馬路上晃蕩。最近不會這麼做了，可是，現在請的是凶日假，身體健健康康的，只是關在家裡齋戒淨身，他恐怕會悶得慌吧！

正好可以考驗他的耐性。

「應該不會吧！心儀的小姐都迎回家了，沒理由再出去遊蕩了。」

如果是晴明大人或吉昌大人吩咐他去做什麼，就無話可說了。但是，晴明大人也知

道，他經歷過被漆黑的野獸們包圍、差點喪命的危機。

「沒錯，晴明大人知道請凶日假的理由，所以就算昌浩要外出，也會被他制止吧！」

他嗯嗯地點頭，半自嘲地按著額頭說：

「不行、不行，闊太久了，什麼事都往壞處想，也許應該請誰來幫我消災祈福。」

但是，很遺憾，他想不起任何人是彼此交情可以無所顧忌地委託這種事，能力又不成問題。

「追溯起來，儘管沒有血緣關係，成親大人畢竟還是藤原家族的一員……不行，再怎麼樣都不能拜託他這種私人的事。」

東想西想後，敏次深深嘆口氣。

「祖父是晴明大人、父親是吉昌大人、伯父是吉平大人、哥哥是成親大人和昌親大人……很不想說，我真的很羨慕昌浩。」

平常不太會想，只有這種時候會打從心底這麼想。

擁有這種血緣當然也有辛苦的一面，但是在這種時候，敏次還是很羨慕昌浩，有那麼多可以無所顧忌地委託消災祈福、又有能力的陰陽師。

然後，他又多管閒事地想著：

儘管本人不覺得怎麼樣，不過生在那種能力出類拔萃的世家，多少會成為生活上的累贅吧！

「跟同年紀的人，應該很難建立對等的朋友關係。」

思考方式就不用說了，光要保持平起平坐，就需要有相同的能力。

昌浩究竟有多少能耐，他本人還沒有明顯表現出來，所以敏次不清楚。但是，今後一定會進步神速。他生在安倍家，周遭都是有能力的人，又進入了陰陽寮，絕不是毫無能力的人。

「問題是，不知道是他本人太懶散還是怎麼樣，一直沒有任何表現。」

敏次在陰陽寮接觸過吉平大人、吉昌大人和成親大人很多次，多少了解他們的性格。

安倍家的人，全都是實力主義者。即便是有血緣關係的人，若沒有相對的實力，就不會給予好評價。與是否有血緣關係無關，他們都是以實力做為判斷基準。尤其是陰陽寮這個地方，凡事講求實力，更凸顯他們這樣的性格。

「必須同時擁有實力與個性。」

為了挽回「不認真」的一時評價，昌浩非常努力。陰陽寮的大官們會對他改變印象，就是他的努力產生了效果。

現在可能是觀察期，因為他才十四歲，說不定比較晚開竅。

要讓才能開花結果，需要契機。

「有可以互相切磋琢磨的同年齡對象，就能成長了。」

要交朋友很困難。

尤其是像他這種有特殊才能的人。

必須擁有相同的能力，或是完全沒有。

要不然，除非一方是沒有底線的濫好人，或者彼此都是大剌剌的個性，才不會產生嫉妒或不滿。

當然，最期待的是摒除利害關係的交情，但是要達到那種境界太難了。

「這麼想來，就覺得擁有人稱『陰陽道大師』的安倍家血統，做什麼事都有很多障礙。」

✖ ✖ ✖

本來以為可以成為朋友的。

從以前到現在，身旁都沒有同年紀的少年。

在遠離京城的出雲地方，既然彼此能扯上那麼一點關係，這個緣分應該就還能在某處延續下來。

——你叫昌浩嗎？我叫比古。

他這麼說時，眼神真的很柔和。

他所操縱的言靈有股暖意，安撫了身負重傷瀕臨死亡，卻還掙扎著留在這個世界的自己。

昌浩很想再見到他。

然而，沒想到……

「昌浩，快閃開！」

太陰發出刺耳的尖叫聲，用自己的身體把昌浩撲倒在地，棕色頭髮高高飛揚起來。

同時，水的波動形成薄膜，圍住了他們。

「波流壁！」

具有實體的八岐大蛇從第一個蛇頭發出閃電攻擊，在遭到直擊前，玄武就築起波流壁圍住了昌浩他們。

衝擊力嚴重扭曲了波流壁，電光啪嘰啪嘰向四面八方散去。雷電可以穿透水，所以

玄武是釋放了全身的通天力量，才能擋住雷擊。

「荒魂，不要減緩攻擊！」

一陣怒吼穿越大雨的縫隙。回應般的轟然咆哮聲，不用說是來自八岐大蛇。

壁面上還殘留著雷擊的餘波，昌浩驚訝地注視著壁外。

「……比古……」

昌浩一直想再見到他。

然而，沒想到……

竟是這樣的敵對場面。

「早知道你是道反的人，我就見死不救了……！」

珂神毫不掩飾懊惱地咒罵起來，昌浩茫然看著他，好幾次深呼吸後，搖搖晃晃地站起來。

「比古……你真的是祭祀王？」

「昌浩，你在說什麼？剛才那隻狼已經說了啊！那傢伙就是祭祀王！那隻狼差點殺了你呀！」

他們終於找到下落不明的昌浩時，那隻灰白狼正要把他推入大雨暴漲的急流中。

昌浩張大了眼睛。

那天，在只聽見雨聲的漆黑中，有個聲音說：「你是敵人。」

就是那隻灰白狼的聲音。

跑到珂神旁邊的灰白狼茂由良，反瞪狠狠瞪著自己的少女，吊起眼梢。

「啊，妳是那時候那個！」

「你見過那個怪人啊？茂由良。」

珂神驚訝地問，灰白狼豎起了全身的毛。

「她會操縱風！不過，我記得……」

哥哥多由良說過，那些非人的異形，不知道為什麼不會直接攻擊人類。

「多由良說，他們可能是有什麼定規，所以不能加害人類。」

「茂由良，太好了，多虧你想起來，很好！這樣就好辦了！」

珂神盯著昌浩大叫：

「他們是封鎖了你的靈魂與力量的道反所派來的。荒魂啊！不要放過他們任何一個！」

無數的雷擊同時閃落。

玄武被迫咬緊牙關強撐著。

「玄武，守好！」

「我在守啦！」

以怒吼回應太陰的叫喊後，玄武使出了全力。

數不清的衝擊不斷襲來。

轟隆隆的雷鳴聲震耳欲聾，麻痺了聽覺。

「唔……！這樣下去會完蛋！」

滿頭大汗的玄武說得沒錯，波流壁漸漸變得脆弱了。

這時，太陰說：

「玄武，我出去。在我迎擊時，你帶著昌浩回聖域。」

昌浩和玄武都張大了眼睛。

「太陰，妳說什麼！」

「不可以，妳出去也……」

十二神將不能傷人。受制於這樣的天條，太陰和玄武都不能攻擊珂神。

然而，天條其實只是用來警惕十二神將，規範力薄弱，只要一個意念就能捨棄。

「玄武不能作戰，昌浩也還沒復元。我是跟隨安倍晴明的神將，我知道晴明會以什麼為優先。」

太陰說得斬釘截鐵，緊握的拳頭微微顫抖著，玄武都看到了。然後，她很快瞥過敵人珂神比古、狼與八岐大蛇。

轟隆聲馳騁而過。大蛇釋放的雷擊打到目標以外的地方，把樹木剖成了兩半。

那道雷擊落在很接近珂神和妖狼茂由良所站的地方。

昌浩一眼掃過，看到樹木啪哩啪哩倒地，懷疑地皺起眉頭。

「難道那怪物還不能控制力量？」

巨大蛇頭的眼睛之中佈滿血絲，熊熊燃燒著。自己多次夢見的紅色螢火蟲、無數的螢火蟲，原來全都是這隻怪物的眼睛？

「比古真的是真鐵擁戴的大王？」

聽到昌浩的喃喃自語，太陰生氣地大叫：

「昌浩，你還說這種話?!他喚醒了八岐大蛇荒魂，不管怎麼想，都是跟道反大神水火不容的人呀！」

「可是……」

脫口而出的話，激動得連昌浩自己都覺得驚訝。

「比古救了垂死的我啊！」

不知道第幾道雷擊襲向了昌浩他們。幾乎快殺死他們的衝擊穿過波流壁，打在身上，全身掠過撕裂肌膚般的疼痛。

才剛復元的玄武拚命撐著波流壁，沒好氣地說：

「他救了你是事實，可是，昌浩……」

在玄武的聲聲催促下，昌浩的視線掃過前方。

有個少年正和灰白狼一起瞪著自己和神將們。當時在火堆照耀中笑得很溫和的臉，現在佈滿了堅決的敵意。

「他操縱大蛇的力量攻擊我們，也是事實。」

大蛇施放出雷擊，風就跟著增強。有時會變透明的八岐大蛇，全身被自己釋放的電光照得閃閃發亮。被雨淋濕的數千、數萬枚鱗片，反射著光芒。

「昌浩，你聽著，」在強度不減的雨聲中，太陰放大音量說：「那傢伙是敵人呀！他救了你，我們也很感激他，可是他喚醒了那可怕的怪物啊！」

太陰的纖細手指指向炯炯發亮的紅色眼睛。

「搶走風音的軀體、把大家打得遍體鱗傷的人，就是那傢伙的同伴真鐵啊！」

「可是……」

「昌浩。」

昌浩赫然屏住氣息。

太陰淋著下個不停的雨，又說了一次：

「他是敵人呀！昌浩，就是他們攻擊了道反聖域啊！」

昌浩握緊了拳頭。率領魑魅群攻擊道反聖域、奪走風音的軀體、把自己和紅蓮打得遍體鱗傷的，就是真鐵與灰黑狼。

他們都是跟隨著統治這片土地的真正大王。

而那個大王就是珂神比古。

他說過，他擅長借用神的力量。

「敵人……」

「是呀！」太陰點點頭，回頭看著珂神他們。

他們的目的是讓大蛇再度降臨。風音的軀體就是關鍵，晴明他們去追真鐵，就是為了奪回風音的軀體。

大蛇應該還沒有完全復活。儘管大蛇的妖力在這片土地上逐漸擴散、蔓延，但是，蛇體似乎還不完整。

趁現在，說不定還有辦法可以解決。

「昌浩、太陰，」拚死撐住波流壁的玄武注視著珂神和大蛇說：「應該只有珂神可以操縱大蛇的力量，所以，先打倒他。」

「知道了。」

太陰的眼眸中閃爍著堅定的光芒。
神氣從她全身迸射出來，撥開了敲擊般的雨。
打在臉上的風十分銳利，就像無形的刀刃。
昌浩張大了眼睛。
往事歷歷呈現。
與那個怪和尚承按對峙時，自己不是發過誓嗎？
發誓絕不讓十二神將攻擊人類；發誓絕不讓他們觸犯天條；發誓絕不讓他們受到傷害。
當時與承按對峙的紅蓮、勾陣和六合的臉龐，一一閃過腦海。
而現在是毅然瞪著珂神的太陰。
她雖是小孩子的外型，卻也是不折不扣的神將。
為了守護昌浩，他們都會不惜觸犯天條。
昌浩最不樂見的是，連強韌、高潔、意志堅定、溫柔又飄逸的天一，都做出違背自己心意的事。
帶領十二神將，最重要的就是保有永遠不變的心。

這時，帶著灰白狼茂由良的珂神比古高舉著右手吶喊：

「即將取回與蒼古同等之力量與身軀的八岐大蛇荒魂啊！」

揚起的頭以慢動作轉向珂神。燃燒的紅色雙眸之中閃爍著冰冷的光輝，完全看不到情感。

「我是崇拜、藉助於你的力量的九流族族長——珂神比古。」

大蛇的眼睛炯炯發亮。一股無法言喻的戰慄，掠過昌浩的背脊。

「基於烙印在九流族之血與靈魂的約定，我以我珂神比古之名，在此命令你。」

大蛇緩緩張開嘴巴，伸出了紅色舌頭，發出野獸般的咆哮聲。

「殺了所有與道反有關的人，還有從我們手中奪走這片土地的假大王！」

昌浩的心臟像被什麼擊中般，急遽跳動起來。

「比古……！」

從昌浩口中迸出慘叫般的聲音。不只玄武和太陰，連珂神和茂由良都訝異地轉向他。

昌浩把手搭在玄武佈設的波流壁上，大聲叫著：

「比古！不可以再說那個名字！」

穿越雨聲縫隙的叫喊太過急切，讓人無法充耳不聞。

「什麼……？」

茂由良站在眉頭深鎖的珂神旁，下意識地看看昌浩和大蛇。

昌浩剛才所說的名字是？

八岐大蛇的紅眼睛瞥了茂由良一眼。茂由良清楚看見，它眼中閃爍著近似喜悅的光芒。

一種無法形容的恐懼讓茂由良全身毛髮倒豎。

珂神發現茂由良毛骨悚然的模樣，擔心地撫摸它的背。

「茂由良，你怎麼了？」

「不、不知道、不知道，可是……」

九流族祭拜八岐大蛇，總有一天要喚醒被天津神殺死的荒魂，奪回這片土地的霸權。

「珂神比古」是歷代族長傳承下來的名字。

「我是怎麼了呢……？」

「茂由良？」

珂神彎下腰，配合茂由良的視線高度。茂由良回看他一眼，怯怯地縮起身子。

「珂神，我……我覺得荒魂……很可怕。」

「咦？」

珂神眨眨眼睛，望向八岐大蛇。大蛇只瞄了他一眼，就把視線慢慢轉向了昌浩等人。

瞬間，可怕的鳴叫聲在珂神腦中轟隆震響。

——不要忘了烙印在九流族之血與靈魂的約定。

雨聲愈來愈強烈，掩蓋了昌浩的叫聲。

「比古，不可以再喊出那個言靈！」

八岐大蛇嗤笑著。

——繼承此名者啊！務必遵守約定。

彷彿被雷擊中般的衝擊從頭頂貫穿到腳底。

珂神忍不住雙手扶地，怯懦的茂由良驚愕地撐住他。

「珂、珂神，你還好吧？」

珂神按著暈眩的頭，抬起頭，勉強點了幾下。

「我沒事，這就是真赭說的『與荒魂之間的約定』……」

從他懂事以來，就被諄諄教導，只有九流族族長——也就是第九個頭珂神比古，可以與再度降臨的荒魂溝通。

珂神無意識地握緊拳頭，咬住下唇。

不管真鐵有多優秀，珂神還是族長之血的唯一繼承人。

「珂神。」

珂神扶著憂心忡忡的茂由良的背站起來，注視著昌浩他們。

被保護在透明壁壘內的這三個人，是與道反有關的人。

這是他第一次碰到與自己同年紀的少年。

他路過箙川岩場時，湊巧發現昌浩卡在那裡，可以說是萬分之一的偶然。

「如果……」

珂神有點自嘲地笑笑，把想說的話吞了下去。

如果他跟道反沒有任何關係，只是比古某一族的人，說不定他們就會成為朋友。

除了真鐵，珂神沒有見過其他的人類。從他懂事前開始，就只有他們兩個人，是真赭把他們撫養長大。像兄弟般一起成長的多由良、茂由良，還有棲息在山中的野生動物們，就是他全部的世界。

「我一直覺得跟昌浩有著不可思議的緣分，原來是這樣的緣分。」

珂神甩甩頭，仰望著大蛇。

「茂由良，」珂神對轉向他的狼說：「害怕是當然的。」

其實，珂神在心底深處也感到害怕。

因為八岐大蛇是擁有強大力量的兇暴之神。

「但是為了從道反、朝廷手中奪回這個國度，需要荒魂的加護。」

茂由良啞口無言，點點頭說：「嗯，沒錯。」

它知道是這樣。

「可是……」

茂由良在嘴裡悄悄嘀咕著：

可是，珂神，我還是很怕那雙紅眼睛……

珂神摸摸茂由良低垂的頭，望著一再叫喚自己的昌浩。

比古！

這是他告訴昌浩的名字，因為珂神比古的名字只能告訴同族的人，所以，他說的是用來呼喚山中比古的「比古」。

叫喚聲是那麼強而有力，珂神瞇起了眼睛。

不管是誰，只要是會阻礙九流族誓願的人，都要剷除。

「荒魂，殲滅他們——！」

2

焦慮的昌浩敲打著阻斷去路的波流壁。

「比古！」

昌浩臉色蒼白。大蛇的紅眼睛斜睨著昌浩。昌浩感覺到那股視線，倒抽了一口氣。

「唔……」

神話中的怪物「八岐大蛇」就在眼前。

仔細看，它似乎一點一點慢慢有了實體。

就在一股戰慄劃過胸口的同時，昌浩彷彿聽見祖父的叫聲。

他張大眼睛，無意識地嘟囔著：

「咦……爺爺……？」

不熟悉的言靈在成形前就被抹煞了。然而，裡面蘊涵的情感十分緊迫，他可以感覺到發生了什麼大事。

「昌浩，你怎麼了？珂神究竟是……」

太陰才說到一半，就被珂神比古的怒吼聲打斷了。

「荒魂，殲滅他們！」

一陣咆哮聲劃破天際，撕裂了厚厚的雲層與雨聲。

好幾道閃電打下來，直直撲向所有赫然抬頭看的人。

「大蛇……！」

太陰的聲音被雷鳴所掩蓋。

波流壁被衝擊力撞碎，慘叫聲層層重疊，從中卻響起更大聲的吶喊：

「——禁！」

所有雷擊都被畫在半空中的五芒星反彈了回去！

昌浩站在虛脫的玄武與太陰身後，結起劍印，直直盯著珂神。

看到昌浩以法術擊破了大蛇的閃電，珂神似乎有些驚愕。

「昌浩，你……」

氣喘吁吁的昌浩聽到珂神說：

「你跟我們一樣，是借用神力的人？」

強勁的雨聲與大蛇的咆哮聲轟然作響。

「不是，」全身濕透的昌浩說：「我是陰陽師。」

一道閃電劃過天際，被電光照亮的昌浩，視線與珂神交會。

「陰陽……師？」

茂由良挨近珂神，疑惑地甩甩尾巴。

「陰陽……？」

「操縱森羅萬象之陰陽者……？」

茂由良直眨著眼睛，珂神摸摸它的頭，屏住了氣息。

協助道反的人、操縱陰陽的人，這些都是珂神至今的人生中，從來沒有接觸過的。

而且，他連真鐵之外的人類都沒見過。

兩人相互瞪視著，動也不動。跟隨珂神的茂由良和跟隨昌浩的玄武、太陰，都各自揣測著對方的下一步。

愈來愈強烈的雨聲與巨大異形的咆哮重疊。身體蜿蜒扭曲、紅眼四處張望的大蛇，張開了血盆大口。

昌浩趕緊擺出防禦架式。

就在這時——

「——！」

他的腦海裡閃過某個影像。

天將破曉的時刻。

轟隆隆的水聲在耳中回響。一邊冷酷地笑著，一邊將鋼刃插入自己胸口的女人，眼中流露出愉悅的光輝。

被拔出來的鋼刃，沉沒在彌漫著瘴氣的瀑布裡。

道反大神擁有生命泉源的大地之氣，而這把刀刃上的血跡，正是與道反大神血脈相連的稀有鮮血。

晴明與神將們去找真鐵，就是為了把真鐵的靈魂從風音的軀體裡拖出來。如果不拖出來，就會造成無法挽回的憾事。

昌浩的心跳加速。

太陰發現昌浩的呼吸變得急促，身體搖晃，慌忙捉住他的手。

「昌浩，你怎麼了？」

昌浩大張的眼睛失神，茫然望著遠處。

大蛇再次轟然咆哮，玄武察覺它的聲音跟之前不太一樣，抬頭一看，不禁倒抽了一口氣。

「昌浩、太陰，你們看！」

聽到了叫喚聲而回過神來的昌浩與太陰，看到之後大驚失色。

大蛇的身體逐漸被紅色妖氣所包圍。仔細一看，刻劃在又長又大的蛇體上的紅色龜裂，是數不清的上萬枚鱗片的輪廓。

之前還不時會變得透明、迷濛不清的八岐大蛇，身影漸漸有了實體的樣子。

「真鐵做到了！」

灰白狼發出興奮的叫聲。

看得目瞪口呆的昌浩和神將們，發現珂神望著大蛇的眼神似乎有所壓抑，正好跟目光燦爛的狼成對比。

昌浩眨了眨眼睛。

什麼時候會露出那樣的表情。

昌浩很清楚。

珂神握緊拳頭，閉上了眼睛深呼吸。

「奉上祭品的血，終於使荒魂再度降臨……但是，」映在水鏡上的少女身影閃過眼底，「荒魂要的是其他祭品。」

以鱗片為核心活過來的大蛇並沒有完全復活，現在妖力還不夠，力量還不足。要挽回八岐大蛇在神治時代的驚人力量，需要其他祭品把復活的靈魂固定在這世上。

「獻給荒魂的祭品，必須經過精選。」

「珂神，那麼……」

珂神摸著茂由良的頭，點頭要它說下去。狼瞥了昌浩他們一眼說：

「把他們獻給荒魂不就好了？他們看起來力量很強啊！那個小的也是。」

「咦？」

聽到茂由良的話，珂神顯得有些驚慌。茂由良眨眨眼睛，疑惑地偏著頭說：

「咦？珂神，你怎麼了？表情很奇怪呢！可以現在立刻獻上祭品呀！這樣我們偷偷跑出來，就不會被母親和真鐵罵了。」

如果珂神可以讓真鐵想喚醒的荒魂完全復活，應該就可以化解他們的怒氣了。

「怎麼樣，就這麼做吧？珂神。荒魂也等著祭品呀！這是你身為九流族族長的使命吧？」

珂神不斷眨著眼睛，好像在想該說什麼。

「這……可是……」

「珂神？」

支吾了好一會的珂神，突然想起什麼似的說：

「水鏡都特別照出來了，所以，要荒魂選擇的祭品才行吧……應該是。」

茂由良甩甩耳朵說：

「你說得很沒把握呢！珂神，真是那樣嗎？」

「你自己也不太清楚啊！茂由良，沒資格說我吧！」

「這……也是啦！」

但是，灰白狼看著巨大的蛇體，在嘴裡唸唸有詞。

有時，大蛇放射的雷擊會落在很靠近自己的地方，它想應該是因為珂神還不能完全控制身體尚未完整恢復的八岐大神。

既然這樣，盡快獻上其他祭品，應該比較有利吧？起碼可以不用面對這麼可怕的情景。

「最好是能找到純潔無瑕的少女當祭品……」

表情凝重的茂由良看著昌浩他們，皺起眉頭。

「對了，珂神，先用那個小的當祭品怎麼樣？銜接一下。」

「銜接？什麼意思？」

「就是暫時充數呀！」

「暫時充數？你……」

這種說法太過分，珂神張口結舌地看著茂由良。

灰白狼甩動豎起的耳朵說：

「因為……我覺得荒魂很可怕嘛！常常用不知道在想什麼的眼睛瞪著我。而且，珂神如果可以完全使用荒魂的力量，就可以讓荒魂沉睡了。」

珂神苛責似的敲敲茂由良的頭，放低音量教訓它說：

「茂由良，你說的話對九流族的守護神太失禮啦！要是被真赭或真鐵聽見就糟了，你要有點分寸。」

「我只會在你面前說啊！珂神。」

鼓起臉的茂由良看起來很好笑，珂神噗哧一笑，但很快又嚴肅起來。

「不過，這說不定是個好主意。道反公主是神的血脈，那個小個子則是……」珂神看著太陰，拔起腰間的鋼劍說：「居眾神之列。」

八岐大蛇的紅眼睛閃過光芒，與珂神的話相呼應。

就在這時候，所有人都感覺到腳下傳來一陣低鳴聲，大地震動著。

✕ ✕ ✕

昏暗的室內，只聽見雨聲回響。

緊閉著眼睛橫躺的年輕人，手腕動了一下。

坐在旁邊的紅毛狼站起來，把鼻子靠向年輕人的臉。

「很癢耶！真赭。」

張開嘴發出來的聲音低沉而穩重，蘊涵著強烈的言靈。

真赭眨眨眼睛，點點頭，縮回鼻子。

年輕人用手肘撐起上半身，發現肌肉僵硬不聽使喚，皺起了眉頭。他將手指握起張開，再扭動肩膀和脖子，讓身體適應。

「靈魂的移植真不容易。」

「真鐵，是你才辦得到啊！」真赭轉向他，眯起眼睛說：「只有傳承九流族族長血脈的人，才能操縱那種力量……可是最有責任扛起重擔的大王，卻還不夠成熟。」

「不要說那種話。」

真鐵不悅地皺起眉頭，紅毛狼不管他，又繼續說：

「我知道不能說，可是這樣下去，我怕他會控制不了好不容易喚醒的荒魂的力量。」

「真赭，我不會再說第三次，說話小心點。」

真赭嚴正地瞪著年輕人說：

「前代族長對你有很大的期待。」

「那是族長的親生兒子珂神比古出生前的事，而且，這一族早就滅亡了，只剩下我跟大王。」
又恢復不自然的沉默。真赭疑惑地偏著頭，搖搖頭說：
「……說也是白說，對吧？」
「知道就好。」
「大王比誰都清楚自己還不夠成熟，但是，只有九流族的族長可以借用荒魂的力量。」
而身為族長的祭祀王，是死後才傳給下一代。
現場充斥著陰鬱的沉默。
無能的族長持續了好幾代。藏匿在山野中過著隱蔽生活的九流族，人數愈來愈少。由於他們大多是近親通婚，所以漸漸生不出孩子，即使生出來也欠缺生命力，很快就夭折了。
生在祭祀王得力助手家中的真鐵，父親是前代祭祀王的堂弟。
前代祭祀王很長一段時間都沒有孩子，看到真鐵的卓越能力，認為是相隔好幾代後的隔代遺傳，便將他立為繼承人。
然而，就在真鐵八歲時，祭祀王早已放棄的子嗣誕生了。

真鐵回到了自己家，被訓練成下一代珂神比古的得力助手。
不久後，九流族就滅絕了，只剩下真鐵和珂神。
「我們擁戴的祭祀王是珂神比古，只有繼承這個名字的人，可以控制八岐大蛇荒魂。」
真鐵的聲音又低又沉，真赭甩甩尾巴說：
「但是，你更具備成為祭祀王的資質。」
「妳自己不也講過，這種事說也是白說嗎？」
「我只是說出事實呀！真鐵。」真赭平靜地回應，優雅地轉過身去。「你還沒回來時，大王出去了。」
真鐵無聲地回頭看著狼。
「他擔心你，跟茂由良去找你了。」
「太欠考慮了。」不久前還靈魂出竅的身體敏捷地站了起來，「那傢伙，真沒大腦……！」

轟隆隆的雷聲響徹天際。

昌浩等人忙著應付大蛇的雷擊，沒時間搞清楚腳下是什麼震動。

「……！」

劃過天際的雷電太過刺眼，太陰不由得舉起手來遮住視線。

八岐大蛇的蛇體發出的力量比之前更強勁了。

不用說也知道，已經發生了不可挽回的嚴重事情。

「大蛇……」

不自覺的嘟囔聲突然停頓。

太陰覺得脖子發冷，猛然向後退，鋼刃的光芒橫掃出一道弧線。就在她倒抽一口氣的瞬間，一個灰白色身影撲了過來。

「太陰！」

還不及辨別是昌浩還是玄武的叫聲，她的通天力量已經隨著慘叫而爆發了。

迸出來的神氣化為無數的無形刀刃，飛向四面八方。

珂神與茂由良似乎早已預料到這樣的反擊，敏捷地閃過直撲而來的刀刃。

「比古！」

昌浩衝到差點砍傷太陰的珂神前，一直線橫揮出去。

「破裂！」

神咒產生爆裂，彈開了珂神和茂由良。但不是直接瞄準他們，而是瞄準他們腳下。

大蛇也配合珂神的攻擊，同時放射出好幾道雷擊。有如狂瀾般的暴風又產生重壓，襲向昌浩他們。

「可惡……！」

玄武及時築起的壁壘勉強擋住了大蛇的妖氣。但是，在神治時代就以兇暴聞名的大蛇，妖力十分驚人，遠強過身體剛復元的玄武。

「太陰，妳沒事吧？」

被慌忙趕過來的昌浩扶起後，太陰臉色蒼白地點點頭。他們的速度太快了，要是她的反應再遲鈍一些，不是死在鋼刃下，就是被狼牙貫穿了。

昌浩轉頭一看，發現珂神和茂由良也被捲入了大蛇的重壓中。

珂神靠築起的靈力壁壘阻擋了妖力，但行動顯然被限制住了。

「他們還沒有能力完全控制大蛇。」

玄武這麼確定後，對掙扎著站起來的太陰說：

「太陰，用妳的風矛攻擊他們，打開僵局！」

玄武的壁壘與大蛇的妖氣已經拉鋸到極限了。

「我試試看。」

只要拉鋸力稍微失衡，玄武的壁壘就會被摧毀。必須趕快採取行動，否則玄武的力量遲早會消耗光，導致悲慘的結果。

「大蛇……」

太陰看著在上空扭來擺去的蛇頭，嚥下了口水。

腦中閃過在天空飛翔時，曾經朝她直撲而來的雷擊，小小的身軀不由得僵硬起來。

當時只能眼睜睜看著自己墜落的她，幸虧被白虎接住了，而接住她的白虎現在不在這裡。

想到這裡，太陰突然瞪大眼睛，抓住了身旁昌浩的衣服。

「昌浩，你想晴明他們怎麼樣了？」

「咦？」

「晴明和白虎不可能沒發現大蛇的妖氣，怎麼都不見人影呢？」

昌浩與玄武視線交會。

晴明和白虎是正朝這裡來呢？

還是察覺到大蛇的氣息，卻無法行動？

真鐵佔據了風音的軀體，如果昌浩剛才「看到」的是事實，那麼他們應該是順利把真鐵的靈魂從風音的軀體裡拖出來了，但是，去的人沒有回來。

「總不會……」

昌浩低喃的瞬間，地面轟然震響，第二個頭從地底竄出來，大肆咆哮。

「天啊，另一個頭……」

太陰大驚失色的叫聲震撼著玄武和昌浩的耳朵。

第二個頭擁有了實體。

騰躍的蛇頭張開血盆大口狂吼著，伸入高大茂密的樹林間。從被推倒的樹木和漫天飛揚的沙塵中，升起了灼熱的鬥氣，所有的障礙物都被強烈的真空氣旋掃平了。

「白虎！」

紅蓮和白虎呼應太陰的叫喚，從捲起的龍捲風中現身了。

搭乘白虎的風飛上天的紅蓮兩手高舉過頭，使出全身力量召來火焰，射向大蛇的第二個頭。

「看我的火焰龍！」

煉獄神將以全副精神召喚出的白色火焰龍，瞬間就吞噬了巨大的蛇體。

被火焰包圍的蛇頭瘋狂扭擺著身軀，試圖甩開火焰。雨下個不停，淋著雨的蛇頭很

快就咆哮著甩開了紅蓮的火焰。

看著四散的火焰，紅蓮懊惱地咂咂舌，環視周遭，搜尋第一個頭和操縱蛇頭的人。

就這樣，在被第一個頭刨出大洞的地方，看到了不應該在場的昌浩。

「昌浩?!他怎麼會在這裡？」

「連太陰跟玄武都在……這兩個大笨蛋！」

太陰似乎看到白虎吊起了眼梢，皺起眉頭望向昌浩。

光是這個動作，白虎和紅蓮就知道他們為什麼會在這裡了。

「是那小子說服了玄武他們！」

白虎沉著臉，對冷冷咂舌的紅蓮說：

「他們兩人沒攔住他，同樣有罪。走吧！騰蛇。」

兩人正要急速下降時，第二個頭從下方突襲，兩人朝相反方向閃避了開來。

支撐兩人的風突然停止，紅蓮在下墜的同時召喚了煉獄之火。

「可惡，真難纏！」

「你已經死了，快回到黃泉之國！」

隨著怒吼射出去的火焰緊緊纏住了第二個頭。嘶吼著扭曲擺動的第二個頭被燒到了眼睛，不停地甩頭掙扎著。蛇頭在黑雲中蠕動，搜尋著剝奪它視力的敵人，聞到肉味就咆哮起來。
眼睛看不見的第二個頭，往被刨成大洞的地方瘋狂地俯衝。
被第一個頭牽制住的昌浩等人和八岐大蛇應該會守護的珂神，都在那裡。
先落地的白虎爆出神氣，把第一個蛇頭的妖力彈回去。
他把虛脫跪下來的玄武扛在肩上，再輕而易舉地把太陰抱在腋下後，轉頭對昌浩說：
「快退到大蛇的妖力攻擊不到的地方！」
「可是，紅蓮……」
消失在林木間的紅蓮還不見蹤影。
白虎堅定地對擔心的昌浩說：
「不用擔心騰蛇，如果他那麼容易死，勾陣早就懶得理他了。」
「啊？」
昌浩聽不懂他在說什麼，不由得反問。白虎又說：
「你下落不明時，勾陣把我訓了一頓，叫我不要太小看騰蛇。既然勾陣這麼說，應該不會錯吧！」
失去理性的第二個蛇頭瘋狂大鬧。第一個蛇頭焦躁地吼叫著，對昌浩等人放射出無

數的雷電，不讓他們逃走。
「白虎，放我下來！」
玄武撥開白虎粗壯的手跳下來，舉起了手。
「波流壁！」
波流壁與閃電相抵銷，煙消雲散了。
雷擊的餘波也射向了因重壓而動彈不得的比古和茂由良。
「珂神，危險！」
「茂由良！」
灰白狼一躍而起，衝到貫穿壁壘的雷擊前，像刀刃般的雷擊劃傷了狼的右後腿。
狼發出的哀號蓋過了珂神的叫聲，它呻吟著硬撐起頭，對從小一起長大的朋友笑笑說：
「我、我沒事……被母親和真鐵罵比這更可怕、更討厭……」
「傻瓜！」
一跛一跛拖著腳、勉強站起來的茂由良，搖搖晃晃地走到珂神旁邊，害怕地抬頭看著大蛇。
「不趕快給它祭品，會很危險哦，珂神……」

「嗯，我知道。」

珂神正在替茂由良包紮傷口時，聽到昌浩的叫聲。

「比古！」

聲音聽起來十萬火急，珂神和茂由良都轉過頭去，這才發現逼近眼前的第二個頭正張開了血盆大口。

「荒魂！」

看不見的蛇只憑著血與肉的味道，對它應該庇護的九流族族長放出了雷擊。

劃破天際的轟隆聲響起，雷電如扭曲的刀刃直撲而來。

珂神以渾身力量築起了壁壘，但被雷擊碎了。

「珂神……！」

不由得閉上眼的珂神聽到了茂由良的慘叫聲，然後感覺到一股清淨的風掠過臉龐。

緊接著，一陣吶喊聲貫入耳中。

「召喚雷神——！」

目瞪口呆的珂神看見了。

看見昌浩為了幫他們擋開八岐大蛇的雷擊，毫無防備地背向著自己。

同時，從樹木的縫隙間噴出了火柱。

3

大蛇放出的雷擊與昌浩召喚來的閃電相衝撞而炸開了。

好不容易躲過衝擊的昌浩聽見了微弱的低鳴聲，還來不及轉頭看，就被人抓住右手拉開了。

「哇！」

白虎使盡全力把昌浩拉到身邊，太陰在他身旁大聲怒吼，射出了風矛。

「看招！」

無形的風矛射向了灰白色的妖狼。但是，拖著一隻腳的茂由良翻滾躲開，退到一定距離後，齜牙咧嘴地發出威嚇聲。

單腳蹲在茂由良旁邊的珂神，疑惑地看著昌浩。

昌浩感覺到他的視線，張嘴想說什麼，但是不知道該怎麼說，欲言又止。

珂神狠狠地瞪著昌浩，邊注意神將們的動靜，邊問昌浩：

「為什麼幫我？」

「因為……」

反射性地冒出這句話後，昌浩就說不下去了。因為他看到抓著自己的白虎和滿臉敵意的太陰，眼神都帶著苛責。築起壁壘阻擋大蛇攻擊的玄武背對著他，所以不知道是什麼表情。不過，那個背影散發出與白虎、太陰同樣的氛圍。

那是敵人啊！太陰這麼說過很多次，言猶在耳。

沒錯，昌浩都知道，是九流族的真鐵和跟隨他的妖狼們攻擊了道反聖域，從封印的湖底偷走了第八個頭的鱗片；是他們搶走了風音的軀體，讓神治時代的大妖八岐大蛇復活，企圖為這片土地的真正大王奪回所有霸權。

而昌浩袒護的人，就是那個九流族的祭祀王——珂神比古。

「回答我，昌浩，為什麼幫我?!」

珂神逼問，眼中燃燒著憤怒。當自己遭到守護神八岐大蛇荒魂的黑雲雷擊時，竟然是敵人救了自己，這件事嚴重打擊到珂神的自尊。

「因為……比古……」

不知道為什麼，聲音再也出不來。想說的話很多，塞滿了胸口，卻全都在喉嚨深處消失了。

聲音好像被什麼卡住，完全出不來。

珂神和茂由良邊瞪著神將等人，邊步步往後退。從珂神身上散發出來的靈力雖然不及真鐵，卻也相當強烈。大蛇注意著他的動向，以目光威嚇著神將們。

火焰被雨澆熄後，第二個頭也恢復了冷靜，不時伸出舌頭碰觸玄武築起的壁壘。有如高空走鋼索般的緊張時間流逝著。

雨勢絲毫不減，藏在雨滴中的大蛇妖氣，著實消耗著昌浩與神將們的力氣。

目不轉睛瞪著昌浩的珂神突然皺起了眉頭。昌浩倒抽一口氣，他發現珂神是在抬頭看著大蛇時，露出了那樣的表情。

但是，瞬間就消失了，又變回嚴厲的神情。

「我們扯平了。」

「比古……」

脫口而出的話，被珂神的怒吼聲掩蓋了。

「荒魂！」

霎時，珂神和茂由良周邊的土地隆起，竄出了無數的野獸。

「魑魅……！」

白虎的低喃與太陰的叫聲重疊。

「不要過來──！」

龍捲風飛上天，彈開了直撲而來的大量妖獸。鑽過龍捲風縫隙撲向昌浩的妖獸，都被白虎的風刃與翻騰扭擺的鮮紅火蛇阻擋住了。
灼熱的疾風從臉頰旁掠過，昌浩轉頭一看，金色眼眸中閃爍著怒火的紅蓮，正朝著第二個頭放出了第二波的火蛇。
「這次你死定了！」
延伸的火蛇從第二個頭齜牙咧嘴的嘴巴刺了進去，貫穿頭部。
紅蓮再召來白火焰龍。灼熱的龍瞬間包住了巨大的長長蛇體，從散放妖氣的鱗片縫隙滲進去。
第二個頭痛苦地扭成一團，巨大的蛇體就那樣不見了蹤影。
可以感覺到，轟然鑽入土裡的蛇體引發的震動逐漸遠去。
「昌浩，我們不能攻擊珂神！」
正在迎戰魑魅的太陰，對著唯一可以跟珂神對等交鋒的昌浩大叫。
昌浩的肩膀明顯顫動了一下。
珂神和灰白狼都瞪著他，明明是同樣的眼神、同樣的意志，他卻不時看到珂神的眼中隱約藏著某種情感。
昌浩自己也說不上來為什麼，就是有個聲音告訴他不能出手。
「你們竟敢……！」

懊惱的玡神繃起臉來，向茂由良使眼色。第一個蛇頭像察覺到玡神的意思，放出了雷擊。

被傾盆大雨淋成落湯雞的昌浩，沒辦法去追逃走的玡神。

他可以藉口說被雨淋得冰冷，動彈不得，然而，他的心卻欺騙不了自己。

握緊冰冷無比的手，他低下了頭。

不是沒辦法追，而是不去追。

他是憑自己的意志，放過了玡神。

而神將們也都看出來了。

「玄武！」

擊退第二個頭後，又緊接著與第一個頭對峙的紅蓮擋開雷擊大叫：

「用波動牢籠關住大蛇！」

正使盡所有力量支撐著壁壘的玄武聽到紅蓮突如其來的話，瞪大了眼睛。

「不……不要說那種不可能的事！」

「再不可能也要做，不然……」

鮮紅的火蛇從紅蓮高舉的手往上升。玄武發現他臉上流露出疲憊的神色，不禁屏住了氣息。

紅蓮是在告訴他，連十二神將中最強的騰蛇都很難再繼續對抗大蛇了。

玄武看看天空，有一層厚厚的雲，從妖氣凝聚的雲層落下的雨，逐漸削弱了神將們的神氣。

騰蛇的火焰也殲滅不了大蛇的頭。第二個頭只是發現苗頭不對，暫時撤退而已，絕不是逃走了。當第二個頭受到攻擊時，第一個頭完全沒有出力相助，就是最好的證明。

八岐大蛇是擁有八頭、八尾，覆蓋整片山的大妖。不只雨和雷電，剛才也操縱了風。而且它能鑽進地底下，可見也跟大地相通。

「你儘可能撐住，這期間……」

「你會想出什麼必殺技吧？騰蛇。」

紅蓮瞥玄武一眼說：

「我會叫晴明想，解決這種怪物是他的任務。」

「……說得沒錯。」

玄武眨眨眼表示同意後，閉上眼睛調整呼吸。

沒有戰力的玄武，在佈設結界的四名神將中，是通天力量最弱的一個。他即使使出渾身力量，也很難說可以困住八岐大蛇到什麼程度。

「但是，非做不可……」

在場的神將中，只有玄武會做牢籠，所以騰蛇才指名他。

玄武迸放出來的通天力量，逐漸包住了第一個頭。發現異狀的大蛇，試圖在牢籠成形前轉身逃離。但是更快包圍住蛇頭的牢籠，把蛇體固定在地面上，牢牢困住了。

神氣閃爍著迷濛白光包圍著大蛇，雨水都被玄武的水波動彈開了。大蛇像凍結般動也不動，炯炯發光的紅色眼睛直瞪著個子矮小的神將。

儘管閉著眼睛，玄武還是可以感覺到它酷烈的眼神，一股涼意從腳底往上竄。他激勵心驚膽顫的自己，邊使出全身力量撐住，邊深深思索著。

神將玄武的力量是以守護為目的，要守護大地，封鎖大蛇；要守護只跟隨一個主人的誓言；要守護自己的尊嚴和心。

一張小小的臉龐，瞬間閃過玄武的腦海。

玄武全神貫注在波動牢籠上，跟大蛇一樣動也不動。昌浩正要跑向他時，被高大的身軀攔住了。

看到紅蓮兇巴巴地瞪著自己，昌浩驚慌失措地開口說：

「紅蓮，我……」

「你在做什麼？」

昌浩的肩膀猛然顫動了一下，紅蓮沒好氣地說：

「你為什麼幫那傢伙?!我們從遠處也看得出來，是那傢伙在操縱大蛇。如果他被捲入大蛇的雷擊，自取滅亡，不是正中我們下懷嗎？你為什麼出手救他？回答我！」

紅蓮又毫不留情地對垂著頭無言以對的昌浩說：

「還有，你怎麼會在這裡？為什麼離開道反聖域？勾他們知道嗎？」

還是垂著頭的昌浩緩緩搖了搖頭。

被紅蓮兇神惡煞的模樣嚇得花容失色的太陰，緊緊抓住白虎拚命解釋：

「白虎，呃，不能只怪昌浩，被他說動的我也有錯。不管他怎麼求我，我都不該帶他來的，所以……」

太陰急得快哭出來了，嘰哩呱啦說著。白虎摸摸她的頭，但疾言厲色地說：

「妳說得沒錯，但是，我們並不能反對晴明或昌浩堅決想做的事。騰蛇生氣是有道理的，妳這樣袒護昌浩，只會害他被罵得更慘。」

「可、可是……」

無力的語尾被雨聲掩蓋了。

太陰抓著白虎的手，沮喪地把額頭貼在他的手背上，肩膀劇烈顫抖著。

「玄武才剛復元呢！」

昌浩的背部顫動了一下。他用力轉動僵直的脖子，望向動也不動的玄武。

他還記得與真鐵對峙時，玄武是如何捨命搶救受了重傷的自己。

緊握的拳頭微微顫抖著。從拳頭滴下來的水看起來有點混濁，是因為嵌入掌心的指甲刺裂皮膚，有液體從傷口滲了出來。

「為什麼救珂神?!」

面對紅蓮的追問，昌浩猛然抬起頭說：

「不要說出那個言靈，紅蓮！」

紅蓮被他激動的語氣嚇得啞口無言。

「不可以說出那個名字！」

激動的情感卡在喉頭，聲音狼狽地顫抖著。他既不悲哀，也沒有哪裡疼痛，熱淚卻奪眶而出，沿著臉頰與雨水一起滴落。

昌浩祈禱著淚水與雨水摻雜，不會被他人察覺，又強調一次：

「那是不好的言靈，所以，比古……」

那時候……

珂神抬頭看大蛇時，瞬間流露的表情……

是被迫面對自己無能的事實，卻又說不出口，不能告訴任何人，必須強往肚子裡吞的無奈。那種表情，昌浩再熟悉不過了。

「我也不知道為什麼要救他，比古或許是敵人，可是、可是，比古他……」

實在不知道該怎麼說，只能把毫無意義的話胡亂拼湊起來。他比誰都清楚，這樣根本不可能傳達自己真正的想法。

「比古他……他救過我！」

「那是因為他不知道你是誰吧！」

「不管怎麼樣他都救了我！」

在場所有人看到昌浩這麼激動，都非常訝異。昌浩似乎也被自己嚇到，張大了眼睛，突然明白是怎麼回事了。

「……不是珂神。」

「什麼？」

「比古不是珂神。」

「珂神」是非常可怕的言靈。然而，在火堆旁聽到他的名字時，昌浩一點都不覺得可怕。

妖狼稱他為「珂神比古」。「珂神」的言靈與「珂神比古」的言靈，都暗藏著與八岐大蛇相通的陰森與可怕感覺，大家卻都沒有發現。

「昌浩——」

態度一百八十度大轉變、冷靜下來的紅蓮，聲音中透著淡淡的冰冷。

太陰的手指更用力抓住了白虎的手。

昌浩壓抑顫抖，直直看著紅蓮。上次這麼害怕，是在他瞞著紅蓮，代替彰子承受詛咒的時候。

金色眼眸炯炯發亮。他應該真的是最兇悍的兇將吧？光是一聲叫喚、一個眼神，就會把人嚇得魂飛魄散。

「你為什麼要幫祭祀王？」

紅蓮嚴厲地瞇起眼睛，不讓昌浩蒙混過去。

「就算他救了你，你也沒道理做到那種地步。你說祭祀王不是珂神，是什麼意思？你最好能說服我，要不然，這次我連你也不放過。」

冰冷的聲音平靜冷淡，比大聲斥責更刺人。

昌浩屏氣凝神，用力出聲說：

「我做不到。」

「你說什麼？」

昌浩像個小孩般滿臉委屈地說：

「連我自己都搞不懂為什麼，怎麼可能說服你呢……可是……」

雖然提不出證據，但是……

「我認為比古不是壞人……沒有任何理由，就是直覺。」

紅蓮與白虎面面相覷。

沒有憑據的直覺。如本人所說，的確無法說服他人。

但是，昌浩是陰陽師。

「即使攻擊道反聖域的人是祭祀王的人，你也這麼認為？」

「是的。」

「即使擁戴祭祀王的真鐵奪走了風音的軀體，還差點把你推落死亡的深淵，你也這麼認為？」

「是的。」

「聽說是祭祀王召來了這場雨，即使是這樣，你也這麼認為？」

「是的。」

「即使親眼看到他借用八岐大蛇的力量來攻擊我們，你也這麼認為？」

「是、是的！」

面對一連串的質疑，昌浩都給予相同的回答。

昌浩自己都聽見了。

機。

——殺了所有與道反有關的人，還有從我們手中奪走這片土地的假大王！

珂神充滿著敵意。他在召喚八岐大蛇時，對與道反有關的昌浩等人抱持著明確的殺機。

腦海中閃過他的臉。不管是被火堆照亮的沉穩眼神，或是彷彿要把人射穿般兇狠瞪視的眼神，都會不時流露出不知所措的無助感。

那是昌浩灰心氣餒時，經常會湧上心頭的感覺。當他發現自己的無能，卻不得不默默承受時，就會不經意地表露出來。

儘管心裡不確定該不該這麼做，還是會告訴自己不能停下來。

只有抱持這種心情的人，才會露出那樣的眼神。

這也可能是主觀意識，昌浩並不認為自己能完全看穿他人的心。眼前，他就沒有任何可以說服紅蓮的理由。

然而，他的心在吶喊著。

每當不得不面對想逃避的重大決定時，總會在背後推動他的聲音告訴他：

「比古不是珂神……他不是壞人，絕對不是。」

當提到「珂神」這個言靈時，昌浩就會在心中同時唸誦神咒，以消除可怕言靈的妖氣。紅蓮應該也是這麼做。神將畢竟是居眾神之末，可以操控比人類更強烈的言靈，不但可以增強言靈的力量，也可以消除言靈的力量。

白虎看著彼此互瞪、沉默不語的兩人，心平氣和地說：

「騰蛇，你輸了。」

紅蓮兇悍地瞇起眼睛，厭煩地撥開濕答答地貼在前額的頭髮，百般不甘願地嘆口氣說：

「反正就是陰陽師的直覺……不過，昌浩，你記住，我並不認同。」

聽到紅蓮非比尋常的嚴厲語氣，昌浩點點頭說：

「我知道。」

這時候，他的身體才停止了顫抖。

氣憤難平的紅蓮往上空瞄一眼，就變成了小怪的模樣。

充斥現場的刺人神氣終於消退了。

屏氣凝神的太陰這才放鬆肩膀，抬頭看著白虎，臉皺成了一團。

昌浩把手伸向淋雨後塌下來的白毛，抱起沒什麼重量的小怪。

小怪半瞇著眼，把前腳搭在昌浩肩上，抗議似的甩著尾巴。昌浩拍拍它的背，輕輕說了聲對不起。

回想起來，跟紅蓮翻臉吵成這樣，這還是第一次。

坐在茂由良背上的玗神好幾次回頭看，確定沒有人追上來後，輕輕拍打灰白色的背部說：

「茂由良，休息一下吧！」

不顧腳痛拚命奔跑的茂由良聽他指示，在枝葉茂密的樹下停了下來。

狼和人都已經濕透，現在躲雨也沒用了，但這並不是重點。

玗神讓一跛一跛拖著右後腿的茂由良坐下來，幫它療傷。

「如果是一般傷口，很快就可以治好了，可是，這是……」

玗神沉下了臉。茂由良慌忙搖著頭，對他說：

「我沒事啦！沒辦法，這是荒魂的雷擊呀！玗神，腳沒斷就該慶幸了。」

「對不起，茂由良。」

茂由良軟綿綿地揮著前腳，對沮喪的玗神說：

「玗神不可以說對不起呀！因為玗神是我們的大王，要抬頭挺胸，很有架式地說：

『幹得好，幫我擋了雷擊。』」

看茂由良說得慷慨激昂，珂神抓抓它的頭說：

「我不想當那樣的大王……」

聲音小到幾乎被雨聲掩蓋，但是茂由良聽得很清楚。

狼疑惑地偏起頭，看著從小一起長大的人類。

「珂神，你果然覺得很累哦？」

珂神訝異地張大眼睛，露出無可奈何的苦笑。

他靠在連雙臂也抱不住的粗樹幹上，伸直一隻腳，嘆口氣說：

「不是累不累的問題……我知道我不該說這種話，可是……」

茂由良立刻瞇起一隻眼睛說：

「啊！我的記憶力很差，所以老是被我媽罵，多由良也很受不了我。」

「說得也是。」

珂神淡淡一笑，靠向茂由良的頭。

茂由良漫不經心地看著四周，突然像發現什麼似的說：

「啊！這一帶是……」

「嗯？」

「你不記得了嗎？很久以前，我們曾經迷路，差點遇難。」

珂神眨了眨眼睛。

「……啊！那時我們邊哭邊到處繞，最後累得再也走不動了。」

「對、對。」

茂由良猛點頭的樣子，到現在都沒變。

當時，珂神哭著責怪它說：「你是狼，怎麼聞不出回家的路呢？」茂由良也哭著回他說：「我是不成材的狼嘛！」最後他們只好一起躲在岩石後面。

那時是冬天，下起雪來，冷到讓人受不了。

放眼望去都是蕭瑟淒涼的景象，不知道怎麼走才能回到真赭他們等待的屋子，完全無法可想。

——怎麼辦？要是雪再繼續堆積下去，就會把我們埋起來了。

——笨蛋！不要說這種話，太可怕了……

因為太害怕，只好不停地說話。在只聽見颼颼風聲的山裡，總覺得再也回不了家了。

不久後，連說話的力氣都沒有了。就在靜止不動、冷得直發抖時，珂神聽到了叫喚自己的聲音。

——……咦？

不一會兒，茂由良也動動白色耳朵，疑惑地皺起了臉。

──剛才那是……

那是珂神和茂由良都很熟悉的聲音，只不過，叫喚的是很陌生的名字。

茂由良滿臉疑惑，在它旁邊抱膝而坐的珂神猛然抬起頭，眼睛亮了起來。

──是在叫我……是真鐵。

珂神丟下兩眼圓睜的茂由良，腳步蹣跚地往前走。

的確是真鐵的叫喚聲。

──咦，珂神……？

聽覺比人類敏銳的狼，聽到的名字並不是「珂神」。

懷疑地偏著頭的茂由良想到自己會被孤獨地拋下來，趕緊跟上珂神。沒多久就看到跑得氣喘吁吁的少年，它立刻安下心來，高興得忘了所有的事。

──真鐵！

被同時衝向自己的小孩跟狼撲倒在地的真鐵，按著重重撞在地上的頭，站起來就破口大罵。

──珂神、茂由良，你們給我坐好！

「……那時候的真鐵好可怕。」

珂神帶著苦笑，喃喃說著，茂由良也點點頭說：

「被罵得好慘……」

真鐵罰他們跪坐在寒空下，一直訓話訓到三更半夜。想起這件事，珂神和茂由良都不由得望向遠方。

那之後，三人都感冒了。多由良連罵都懶得罵他們，真赭苦口婆心地把他們訓了一頓。

十四歲的真鐵在嚴寒的冬日到處奔走，跑得汗水淋漓，拚命尋找過了傍晚還沒回家的六歲的珂神和茂由良。

「真鐵比我強多了，為什麼我是大王呢？」

聽到珂神這麼說，茂由良困惑地偏著頭，嗯地低吟著。

「這個嘛……因為你是歷代族長的嫡子吧！」

「可是真赭說過，在我出生前，是決定由真鐵繼承祭祀王。」

當時還活著的族人們都沒有反對這件事。

但是在真鐵八歲時，珂神出生了。族長的直系子孫自然成為繼承者，真鐵就退出了。

珂神有時會想——

真鐵雖不是族長的直系子孫，當大王的資質卻比自己優秀太多了。真鐵操縱的魑魅比珂神操縱的魑魅縝密、精細，幾乎可以亂真。

茂由良甩動尾巴啪噠啪噠地拍著珂神的腳，鼓勵沮喪的他。

「可是，只有祭祀王的直系子孫可以聽到荒魂的聲音，自由操縱荒魂呀！所以珂神應該當大王。」

「九流族只剩下我跟真鐵，這樣也算大王？」

珂神自嘲地垂下眼睛。茂由良半張著眼說：

「還有我、我母親跟多由良呀……雖然都是狼。」

「而且，你還是隻不成材的狼。」

小時候邊哭邊說的話被翻出來，茂由良皺起眉頭說：

「珂神，你也差不了多少啊！沒資格說我吧？」

「嗯……我也是個菜鳥……還需要多努力。」

垂下頭閉起眼睛的珂神，腦海中閃過跟自己差不多年紀的少年身影。

因為擔心真鐵和多由良而下山的珂神，再次見到昌浩時，看到他身穿白衣，還以為是別人。打扮不一樣，感覺就會不一樣。

要不是他先叫自己「比古」，恐怕還認不出是他呢！

珂神輕輕握起拳頭，咬住下唇。

早知道他跟道反聖域有關，就不會救他，而會扔下他，讓他被河水吞噬。

珂神這麼想，心底深處卻有個聲音問自己：「真是這樣嗎？」

在發現昌浩的那一刻，只想著要趕快救他。

由此可以猜測，昌浩救自己，也是還來不及想什麼，就先採取了行動。

兩人可能很相像。

「只有我能聽見荒魂的聲音、操縱荒魂，所以完成九流族的誓願是我的任務，我不能再讓真鐵背負起所有事。」

這是身為族長直系繼承人的使命。但是反過來說，只要不生為族長的直系子孫，珂神就不必扛起違背自己意願的任務。

看著喃喃自語說給自己聽的珂神，茂由良十分擔心。

其實珂神是個很善良的人，連敵人都不忍心殺害。

茂由良知道，珂神只是想使用神的力量，避免無謂的流血抗爭，所以才遵從九流族的意志，讓荒魂復活。

想起可怕的大蛇，茂由良微微顫抖起來。

「茂由良，你怎麼了？」

珂神訝異地問。茂由良惴惴不安地說：

「珂神，我……」

「嗯？」

茂由良支支吾吾好一會，才吐出一句話：

「……我還是很怕荒魂……」

那雙紅眼睛實在太可怕了。

4

玄武佈設的波動牢籠能困住大蛇的第一個頭多久呢？

「很難說，對方畢竟是神治時代的大妖。」

聽到小怪這麼說，昌浩屏氣凝神地看著大蛇。

「被紅蓮擊退的第二個頭去哪裡了呢？」

小怪甩動白色尾巴，瞇起夕陽色的眼睛說：

「它被我窮追猛打，應該躲回巢穴了吧……」

問題是，那麼龐大的身軀要藏在哪裡呢？

小怪不滿地瞪著昌浩。以小怪的立場，只想趕快把昌浩送回道反聖域，但他是不可能同意的。他認為害玄武不得不搏命困住第一個頭，都是自己的任性造成的，所以絕對會堅持留下來。

太陰躲在白虎後面，儘可能不接近小怪。

目睹紅蓮剛才的激昂，似乎把她嚇壞了。

小怪當然有發現太陰的反應，但是，它並沒有任何惡意，只是太陰自己害怕，所以

它視若無睹。與其花力氣去安撫同袍，還不如找出逃走的大蛇、摧毀它的大本營，比較有建設性。

現在的小怪心情非常不好，它自己也知道。

在沒有戰力的神將中，玄武的牢籠是最薄弱的。

「……沒辦法……」深思熟慮後，小怪抬頭對白虎說：「很不想這麼做，但還是叫天一來協助玄武吧！」

「看來只能這樣了。」

「嗯，藉助天一的結界力量，會比你、我出手都強多了。」

小怪抖抖被淋濕的身體，甩掉雨水，皺起了眉頭。

要是被待在京城的朱雀知道了，一定會引發大騷動。最好是能把朱雀找來，為了保護天一，他會奮勇作戰。以戰力來說，神將朱雀完全無可挑剔。

不過，大蛇是水性，跟紅蓮和朱雀正好是兩種極端。水剋火，火將與大蛇真的是水火不容，所以連紅蓮全身的煉獄之火都只能逼退大蛇，而無法將它殲滅。

躲在白虎背後的太陰這才舉起手說：

「我去叫她。」

「也好，交給妳了。」

白虎點點頭，小怪也表示同意。

神氣捲起的風包圍住了太陰。

昌浩注視著她，百感交集地瞇起了眼睛。

「太陰，我……」

太陰知道昌浩要說什麼，苦笑著聳聳肩膀。飄浮在半空中的她，視線正好跟昌浩齊高。

「傻瓜，事情都過去了，後悔有什麼用呢？只會向後退。」

「可是……」

「告訴你吧……晴明以前也跟你一樣，常常犯錯。」

咦？昌浩張大了眼睛。太陰摸摸他的頭，就飛上了天。

手心留下的溫暖告訴他：所以不要再後悔了。

昌浩閉上眼睛，做了好幾次深呼吸。

現在自己的當務之急是什麼呢？

有個聲音在腦中響起。

——我希望你能跟守護妖們合作，取回咒具。

那是他到達道反聖域時，道反大神對他說的話。

因為發生了太多事，這句話被堆在大腦的角落。

「小怪、白虎。」

兩對視線射向昌浩的背部。

昌浩偏過頭問：

「被真鐵搶走的咒具……是什麼？」

跟晴明一起聽道反大神說過的白虎，回答了這個問題：

「是大蛇第八個頭的額頭鱗片。」

「鱗片……」

仔細看被困住的第一個頭，會發現紅色雙眼的中間有一片大小不同的鱗片。

「那是最後被砍下來的頭的鱗片，沉澱著深仇大恨，不能丟進簸川，就封印在道反聖域了。」

原本打算經過漫長的時間，等深仇大恨逐漸昇華、不再有害之後就丟棄。

這麼恐怖的蛇神仇恨跨越時空，在現代甦醒了。倘若不能遏止，他們也逃避不了責任。

忽然，一股陰沉的瘴氣在山中蠢動起來。

所有人的視線都赫然轉向那裡，發現第三個頭正逐漸有了實體。

「總不會八個頭都復活吧……！」

連小怪都這麼大叫後就說不出話來了。茫然看著第三個頭的昌浩和白虎感覺到飄過來的強烈妖氣，才回過神來。

響起嘎吱嘎吱的傾軋聲。

是被玄武的牢籠困住的第一個頭發出來的聲音。

第三個頭的妖力使第一個頭活化起來。第三個頭凝視著所有人好一會，就轉過蛇體消失在森林裡了。

八岐大蛇正一點一點地現出原形，無論如何，非阻止不可。

晴明與六合的行蹤也令人擔心，最好可以先和他們會合。

「白虎，我跟昌浩去找晴明他們，你保護玄武。」

「好。」

把玄武交給白虎後，小怪和昌浩就入山尋找晴明了。

還是一樣傾瀉而下的大雨，毫不留情地打在身上。

「小心點，昌浩，路不好走。」

「嗯。」

景致跟貴船大異其趣的出雲山脈，比想像中險峻。除了陡峭不好走外，在大白天也昏暗不明，看不清楚。

小怪盡量尋找好走的路，引導一步步走得很小心的昌浩。

昌浩現在才知道，搭乘太陰或白虎的風行進是多麼輕鬆的事。

走在下雨的山中，非常耗體力。

光這樣就很辛苦了，偏偏這場雨還潛藏著八岐大蛇的妖力，碰到了就會削弱神氣和靈氣，所以更讓人覺得疲憊。

「喂，小怪……」

「嗯？」

喘著氣前進的昌浩像想到什麼似的出聲說：「在道反聖域向女巫借的這套衣服，比在京城穿的狩衣好行動呢！」

小怪甩甩沾滿雨水和泥土的尾巴，轉過頭說：

「嗯，應該是吧！從天一跟勾的不同打扮，不就可以清楚看出鬥將和非鬥將的差別嗎？」

「說得也是。」昌浩點點頭，眨了眨眼睛。「可是，你不覺得六合那塊靈布礙手礙腳嗎？」

「再怎麼礙手礙腳，有必要還是得披著。不能作戰的玄武穿著打扮輕便，純粹是他個人的嗜好。」

玄武不喜歡被下襬太長的衣服纏住腳。

「原來如此。」

神將的衣裝果然各有各的道理。

嗯嗯表示理解的昌浩，輕輕把手伸向小怪，摸摸它髒兮兮的頭。

「哇！幹嘛突然這樣，嚇我一大跳。」

「覺得你變得很髒呀！因為你是白毛。」

小怪從自己的背看到腳，臉色沉了下來。因為不夠高，在這樣的大雨中看不太清楚，而且臉距離地面又近，泥土很容易濺上來。

這種時候應該恢復原形，效率會好得多吧？

小怪現在才想到。

更何況，這裡不是京城，並不會遇到不能以原形相見的人。

那麼，小怪為什麼要維持這個模樣呢？說起來，沒什麼特別的意義，只是它一時沒想到而已。

搞什麼嘛？這麼自問的小怪，嘆了一口氣。

「小怪，如果累了，就像平常一樣坐在我肩上吧？這樣視線也比較高。」

小怪瞇起一隻眼睛，沉吟一下，沒有助跑就跳上了昌浩的肩膀。

「啊！都是泥巴，好髒。」

「咦?!」

「仔細想想，當然是這樣。」

昌浩慌忙抓住小怪的脖子，把它從肩上提起來，張大眼睛看著留下腳印的肩膀。

「唔哇……」

「不用在意啦！反正你全身都髒了，多一、兩個我的腳印也沒差。」

看到小怪伸展四肢、搖著尾巴，顯得漠不關心的樣子，昌浩隨手把它扔了下去。

啪嚓掉在地上的小怪，背上沾滿了泥土。

「昌浩……」

小怪半瞇起眼睛低鳴著。

「借來的衣服被我弄得這麼髒，我要怎麼道歉才好呢……」

昌浩抱頭苦思，小怪卻突然整個改變語調說：

「——十二神將不能傷人、不能殺人。」

昌浩察覺到氣氛改變，不由得屏住了呼吸。

「然而，這次我們非戰不可的就是人類。」

小怪的眼眸中閃過犀利的光芒。

「昌浩，老實說，我寧可自己動手，也不想讓你或晴明做這件事，即使這樣的想法會觸犯天條。」

「小怪……」

這是小怪——紅蓮絲毫不假的真心話。

「可是，你們每次都不顧我們的心情，想怎麼做就怎麼做，有時也替我們想想嘛！」

小怪嘆口氣，垂下頭。

昌浩無言以對，默默看著小怪的背影。

無論小怪還是紅蓮，總是以保護昌浩為優先，對昌浩的關心，遠勝過對自己本身、對自己生命的關心。

其他神將也一樣，總是優先考慮晴明、彰子和昌浩。

對這樣的十二神將而言，昌浩保護被視為敵人的珂神，是嚴重的背叛行為。

昌浩都知道。

不過，他還是不能退讓。

握緊拳頭、咬住下唇的昌浩，聽到小怪無可奈何地說：

「但是，你、你們就是這樣的人。」

昌浩抬起頭，看到小怪瞇起一隻眼睛，笑得很悶。

「沒辦法，我們是明知道還跟隨你們。」

昌浩眨眨眼睛，啞然無言地垂下頭。

每次總是這樣得到神將們的諒解。

所以，他跟晴明才能自始至終都貫徹自己的信念。

「走吧！希望可以在天黑前找到晴明他們。」

小怪說完，就一副什麼事也沒發生過的樣子，轉身向前走。

昌浩默默點點頭，趕緊跟上小怪。

有其他水聲混雜在嘩啦啦的雨聲中。

先注意到的是小怪，它豎起長長的耳朵，神情嚴厲地瞇起眼睛。

「是瀑布……」

對了，晴明說過，大蛇再度降臨的地點，很可能是它以前棲息的瀑布。

飄蕩的妖氣的確濃烈了許多。

走向瀑布的昌浩突然停下腳步，疑惑地皺起了眉頭。

「有氣息……？」

窸窸窣窣從腳底爬上來的可怕氣息彷彿纏繞全身，就要侵入體內，讓人毛骨悚然。

小怪觀察四周，抖動著耳朵，轉過身去。

「小怪？」

「有妖狼。」

精明地環視周遭的夕陽色眼眸，很快捕捉到灰黑色的身影。

深紅色的鬥氣立刻從小怪全身冒出來。

是抓走昌浩、又重創勾陣的那隻妖狼。

側耳傾聽，就會聽到在雨聲和水聲中，夾雜著咕嚕咕嚕的低鳴聲。

「不對勁……」

採取低姿勢的昌浩疑惑地皺起眉頭。他們已經這麼接近了，敏感的妖獸不可能沒發現，多由良卻動也不動地站在原地。總不會以為沒被看到吧？不，不可能，當小怪噴出鬥氣時，狼發出了威嚇的低鳴聲。

昌浩與小怪相互配合步調後，同時衝出了樹叢。

灰黑狼蹲坐在地上，只有眼睛看向昌浩和小怪，燃燒著敵意的眼中放射出刺人的強烈光芒。

但是，妖狼只是低鳴，動也不動一下。

兩人警戒地窺視狀況，妖狼不逃走，但也沒發動攻擊，只是低聲吼叫。

「怎麼回事？」

小怪不解地嘟囔著，昌浩眨眨眼睛說：

「啊……是爺爺的縛魔術？」

夕陽色眼眸連眨了好幾下。

仔細看，就會發現妖狼被靈縛網困住了。

既然是晴明施的法術，表示他確實來過這裡。

「小怪，你說爺爺跟六合去追真鐵了？」

小怪點頭回應昌浩的詢問。

聽到真鐵的名字，妖狼凝視著小怪。

「六合為了奪回風音的軀體去追真鐵，晴明也隨後趕去了，只是不知道有沒有追上六合。」

已經分開一段時間了。既然大蛇復活了，可見六合與晴明阻止真鐵的行動很可能沒有成功。

「不知道真鐵和風音的軀體怎麼樣了……」
聽到小怪的喃喃自語，昌浩腦中閃過一個畫面。
心臟撲通跳了起來。
有把沾滿血的劍掉進了瀑布裡，那是佔據風音軀體的真鐵刺穿自己的劍。
那之後，風音的軀體怎麼樣了？
「沾滿血的劍，被前面的瀑布吞噬了。」
昌浩茫然望著遠處，聽見帶著笑的刺耳聲音：
「原來真鐵完成了任務啊！」
他和小怪同時轉向灰黑狼。
多由良瞇起眼睛說：
「應該是荒魂再度降臨了吧？所以你們才這麼焦躁……太遲啦！我們大王勢必會奪回霸權。」
小怪狠狠地對咧嘴嗤笑的妖狼說：
「不要說夢話！不管它是大蛇還是什麼，都是曾經被殲滅的怪物，還是有可能再次被殲滅！」
小怪轉向昌浩，眼眸閃爍著兇狠的光芒。

「這傢伙雖然被晴明的法術困住，但是丟下它不管還是很危險，我來收拾它。」
灼熱的鬥氣從白色身體冒出來。
多由良感覺到淒厲的神氣，平靜地眨了眨眼睛。
就在這時候——
「看你做不做得到！」
突如其來的聲音伴隨著強烈的靈爆攻擊。
在千鈞一髮之際閃開的昌浩和小怪，看到一個身影從眼前滑進來。
多由良安心地開口說：
「真鐵……」
昌浩瞪大了眼睛。
站在他眼前的年輕人雖然比不上紅蓮，但以人類來說算是高大了。長相精悍，看起來大約二十多歲，雨水從他不到肩膀的烏黑頭髮滴下來。
身上穿的衣服跟珂神相似，一看就知道是同族的人。
手上拿的是劍身顏色灰暗的鋼刃，跟刺穿風音胸口的劍同色調。
「真鐵，對不起，我搞砸了。」
「不要在意，多由良。」

真鐵把劍尖朝向昌浩他們，突然往後退，蹲了下來，碰觸到蹲坐的多由良，摸摸它的背。

看不見的某種薄膜劈里作響，爆裂粉碎後四散，是晴明的靈縛網被擊破了。

真鐵輕而易舉地粉碎了安倍晴明的法術後，瞥了昌浩一眼，揚起嘴角。

「你沒死啊？真是狗屎運。」

傷勢那麼嚴重，又被丟進河裡，竟然還能活著。

昌浩注視著真鐵，心想原來這就是真鐵的本體。

果然如守護妖所說是個男人，也就是突破保護道反聖域的第一個千引磐石，從聖域奪走不該解除封印的咒具和風音軀體的術士。光是這樣站著，就可以窺見他強烈的靈力。

強敵當前，昌浩顯得很緊張，小怪低聲對他說：

「赤手空拳迎戰手拿武器的人，非常不利。」

昌浩瞥小怪一眼，覺得小怪說得有道理。

當對方佔據風音的軀體時，光是雷擊就把他逼入了險境。而且，看起來沒特別擺出什麼陣勢的真鐵，實際上也的確毫無破綻。

多由良站起來，走到真鐵旁邊，擺出迎戰姿態。晴明應該是以盡快奪回風音的軀體為優先考慮，所以沒有直接攻擊這隻狼，只限制了它的行動。但是，還是太遲了。

「我不能放過與道反有關的人，你們必須死在這裡。」

真鐵的宣言穿越了雨聲傳來，同時從他身上迸射出靈氣漩渦。

比起佔據風音軀體的時候，威力減弱不少，但還是十分強大。

「比比古還強……！」

昌浩倒抽一口氣，難以置信地看著真鐵。

多由良似乎跟真鐵想著同樣的事，悄悄開口說：

「他說的比古不會是大王吧……」

真鐵以眼神回應灰黑狼。

「會不會是在哪裡見過……對了，他說他在河裡撿到一個孩子。」

多由良拉長臉，對突然想起來的真鐵說：

「真鐵，你不會是想說，我們的大王救了我們的敵人吧？這種玩笑一點都不好笑。」

「看來不好笑的玩笑是真的。」

真鐵鬱悶地回應，多由良露出難以形容的眼神，歪著嘴巴說：

「我們叫他乖乖待在家裡，他卻……」

狼嘀嘀咕咕唸個不停，真鐵安撫地拍拍它。多由良咕嚕咕嚕低鳴，抗議了好一會後，發現再說這些也沒用，就斷念地嘆了一口氣。

只要現在殺了這個人就行了。

握緊鋼劍的真鐵跟多由良逐漸逼向昌浩。真鐵匆匆瞥過某個地方一眼，那是流水轟轟的瀑布方向。

不久前，他就是在這個瀑布旁將鋼劍刺進附身軀體的胸膛，然後把沾滿鮮血的劍扔進了瀑布裡。

看起來正窸窸窣窣冒著瘴氣。

真鐵與多由良互看一眼。可能是從真鐵閃過光芒的眼睛看出了他的想法，灰黑狼猛地低下頭，利用後腳的彈力跳起來。

真鐵坐在如疾風般猛衝的多由良背上，邊前進邊揮舞著鋼劍。

風壓形成真空氣旋，襲向昌浩和小怪。

兩人先後退閃避，再追上他們。

「不是說要殺了我們？怎麼跑了……」

「不知道，總之，不能就這樣放他們走。」

「嗯。」

轟轟水聲愈來愈洪亮。

沒多久，昌浩和小怪穿越森林，追到了河岸邊。流向懸崖的河水往下俯衝，濺起了水花，是瀰漫著瘴氣的紅色水花。

看到河流的那瞬間，昌浩不由得停下腳步，小怪也倒抽了一口氣，整個呆住了。

紅色的水流動著。傾盆大雨灌注的河流裡，正橫躺著逐漸恢復實體的蛇腹。那是他們在第一個頭旁邊時，看到的第三個頭。

多由良和真鐵正背對蛇體，等著他們兩人。

從多由良背上跳下來的真鐵舉起劍高聲叫著：

「荒魂啊！我是跟隨祭祀王珂神比古的人。」

聽到「珂神比古」的言靈，一股寒意掠過昌浩的背脊。

橫躺在河中的蛇腹震顫地蠕動著，蜷起了身軀。

「讓企圖阻礙你復活的人，瞧瞧你的厲害。」

灰黑狼多由良咆哮起來，無數的妖獸呼應撕裂雨聲、響徹雲霄的嗥叫，從土裡爬了出來。

「衝啊！」

多由良一聲令下，所有魑魅都衝向了昌浩和小怪。

深紅色鬥氣包住了小怪的白色身體。

高大的紅蓮現形，三兩下就甩開了撲上來的黑色妖獸們，並召來灼熱的業火，大聲怒吼：「滾！」

熊熊燃燒的火蛇驅散了所有的妖獸。

握著劍的真鐵乘機逼近了昌浩。

閃過淡淡光芒的劍尖刺向了昌浩的要害。昌浩大吃一驚，反射性地往後退，勉強躲過攻擊，結起刀印。

「臨兵……」

不反擊就會被殺，但是，同時有個聲音在昌浩的大腦角落響起。

那是晴明說的話。

不可以用法術傷人。

小時候，爺爺曾對他諄諄教誨：你擁有一般人所沒有的力量，可以用來傷人、甚至殺人，但是，你不能這麼做。

若是習慣傷人，會玷污了你的心。

「你死定了！」

真鐵的叫聲貫入耳中，劍尖逼近昌浩眼前。

就在劍刃刺穿前，迸出神氣把妖獸群彈飛出去的紅蓮從旁邊撞擊真鐵，阻止了他的攻擊。

真鐵摔得四腳朝天，又立刻跳起來，紅蓮乘勢衝到他前面。

「紅蓮！」

昌浩倒抽一口氣。

燃燒的鬥氣已經化成灼熱的火蛇。

真鐵大步後退，避開火蛇，從肩膀斜斜揮下鋼劍，把火蛇砍成兩半，再以靈爆炸毀。

這時候，響起咆哮聲。

具有實體的第三個蛇頭揚起巨大的頭部，注視著紅蓮和昌浩。紅色眼睛炯炯發亮，張開血盆大口，露出利牙。

「大蛇……！」

有著無數鱗片的蛇體扭扭擺擺地撲向昌浩。想轉身逃開的昌浩，背後有真鐵的鋼劍逼近，不知何時，灰黑狼已經移到截斷昌浩後路的位置了。

「昌浩！」

紅蓮施放的火蛇擋在多由良和昌浩之間。然而，夾在大蛇與真鐵之間的昌浩動彈不得，除了跳進充滿瘴氣的紅色河川外，沒有其他路可逃。

但是，這條河的河水是大蛇的毒血，任何生物都會被燒爛、喪命。

真鐵冷酷地笑著。

「你要跟道反公主一樣，被河水吞噬嗎？」

昌浩瞠目結舌，想起沾滿血落入瀑布的鋼劍。風音拔起插入胸口的劍，扔進了瀑布裡。

那麼，刺穿自己身體的風音怎麼樣了？

真鐵冷冷地看著啞然失言的昌浩說：

「公主跟那個來追屍體的男人都掉進了充滿瘴氣的河裡，不可能還活著。」

然後他把劍尖指向昌浩說：

「你們也一樣，會在這裡變成荒魂的食物。」

「不要說夢話！」

紅蓮大聲怒吼，同時燃起火焰。向上爬升的白火焰龍直直衝向迫近的大蛇蛇頭。

颳起一陣狂亂的熱風。

「你休想得逞！」

真鐵爆發靈力，靈壓把紅蓮壓得幾乎跪下來，但是他撐住了。

跟佔據風音軀體的時候比起來，這個靈爆根本不算什麼。

紅蓮迸出神氣，灼熱的鬥氣捲起層層漩渦，撲向了灰黑狼。

「唔——！」

多由良被彈飛出去的身體形成拋物線，摔落在河岸上。搖搖晃晃爬起來的多由良齜牙咧嘴地嗥叫著：「真鐵，殺了那小子！」

「不用你說，我也會殺了他。」

看著近在眼前的鋼劍，昌浩瞬間全身僵硬。行元服禮之前，他嘗試過很多事，其中包括劍術。突然，他想起什麼才能都沒有的自己。

早知道就多少練一點，以備不時之需。

「昌浩！」

紅蓮伸出了手，但是手還沒到，真鐵已經由上往下猛力揮出了鋼劍。

大蛇的咆哮在傾盆大雨中回響。昌浩把眼睛張大到不能再大，瞪著微光閃爍的鋼劍。

這時，耳邊響起風聲。

「妳是……！」

多由良發出刺耳的吼叫聲。

疾風灌入真鐵與昌浩之間，纖細白皙的背部擋住了昌浩。

細長的劍身彈開揮過來的鋼劍，發出清脆的聲響。

5

紅蓮瞪大了金色眼睛，張嘴叫喚她的名字：

「勾……！」

神將勾陣的烏亮雙眼瞥了紅蓮和昌浩一眼，雙手握著筆架叉，接住真鐵再次橫掃過來的鋼劍。

「傷成那樣竟然沒死，妳還真頑強呢！」

「頑強是我唯一的長處。」

昌浩茫然地站在互不相讓的真鐵與勾陣後方，紅蓮趕緊抓住他的領子，把他拖到自己身邊。

「不要發呆！」

被這麼大聲斥喝，昌浩才驚醒過來。回頭一看，紅蓮已經放開他，轉身對撲上來的蛇頭放出了火蛇。

昌浩環視周遭，看到灰黑妖狼多由良正努力撐著快倒下的上半身。圍繞在它旁邊的黑色妖狼群虎視眈眈地盯著他們，伺機而動。

響起激烈的劍擊聲。

勾陣使勁地迎戰真鐵單手握劍的攻擊，每次接住真鐵的劍，還沒有痊癒的雙手就會顫抖。

「我是砍傷了妳這邊的肩膀吧？」

獰笑的真鐵閃過勾陣刺過來的劍，順勢以刀柄敲擊勾陣的右肩。

「……唔！」

勾陣倒抽一口氣，身體往下沉，手中的筆架叉被真鐵的劍擊彈飛出去，在半空中大大旋轉，掉進瘴氣瀰漫的紅河裡。

「糟糕……！」

勾陣單手撐著地，邊逃開真鐵的鋼劍，邊從腰間拔出另一把筆架叉。左手也還沒完全復元，如果右肩的疼痛不能減緩，筆架叉再被彈飛出去就完了。

怎麼辦？

咬緊下唇的勾陣聽到紅蓮大叫：

「勾，把武器給我！」

她赫然轉過頭，看到紅蓮用火蛇攻擊大蛇的頭，燒瞎了大蛇的眼睛，還築起火焰壁壘阻擋多由良和妖獸群。

「騰蛇！」

勾陣毫不猶豫地丟出筆架叉。

紅蓮轉身接住迴旋飛過來的武器，與真鐵對峙。

筆架叉跟真鐵的鋼劍差不多長。

紅蓮接住了真鐵砍過來的鋼劍，用力推回去。

「可惡！」

連真鐵都倒退好幾步。單手握劍的紅蓮，架式無懈可擊。

一眼就看得出來，是用劍高手。

真鐵對自己的劍術也很有自信，所以更能正確判斷出對方的實力。

「……他手中有武器，是有點難應付。」真鐵唸唸有詞地舉起劍說：「多由良，我們走。荒魂啊！只要你所有的力量得到解放，那種程度的火焰根本傷不了你……可見你還沒完全復活。」

這麼喃喃說完後，真鐵緊接著朝紅蓮放出了靈力。

紅蓮揮劍掃開了靈爆，抬頭一看，真鐵和多由良已越過瘴氣彌漫的河川，背向他們揚長而去了。

紅蓮懊惱地咂咂舌，回頭看大蛇的第三個頭。

被火蛇纏繞而掙扎扭動的蛇頭激烈地咆哮著，抖動全身甩開火焰，接著潛入了瘴氣瀰漫的河水裡。

「騰蛇，追不追？」

勾陣看著真鐵他們離去的方向，紅蓮搖搖頭說：

「不，現在要先找晴明他們。」

紅蓮說完，發現昌浩不知從何時開始俯瞰著瀑布。

「昌浩！怎麼了？」

看到昌浩瞪大了眼睛張望的樣子，正覺得奇怪的紅蓮，眼角餘光好像掃到什麼東西在閃著亮光，他眨了眨眼睛。

「這是……」

他蹲下來，撿起掉落在草堆裡的東西。

那是六合經常戴在手上的銀手環，戰鬥時，會感應他的意志，變成銀光閃爍的銀槍。

怎麼會掉在這裡呢？

難道是……

紅蓮不由得往瀑布下俯瞰，昌浩對他說：

「真鐵說……道反公主跟來追她的男人都被河水吞噬了。」

也就是說，脫離真鐵控制的軀體墜入了瀑布裡，追上來的六合也跟著跳進了瘴氣瀰漫的河水中。

紅蓮和勾陣都啞然失言，昌浩也扭曲著蒼白的臉說：

「我知道十二神將比人類強很多，可是……」

被大蛇的毒血吞噬，還能平安無事嗎？

紅蓮與勾陣面面相覷。

十二神將的確擁有強韌的肉體，但並非不死之身。

昌浩屏氣凝神地看著瀑布。

「風音的軀體也是……她雖是道反大神的女兒，但是靈魂不在軀體裡，也不知道會怎麼樣。」

昌浩握緊拳頭，咬住了下唇。

風音的軀體是讓大蛇復活的關鍵，而讓大蛇復活的人，就是擁戴祭祀王珂神比古的九流族。

雨聲被轟隆隆的瀑布聲掩蓋了。

絲毫不減的雨勢，不但削弱著昌浩他們的力氣和體溫，也削弱著靈力和神氣。潛藏在雨滴裡的八岐大蛇的妖力，似乎正在一刻刻增強中。

連第三個頭都出現實體了，而且實體的數目正在慢慢增加。等大蛇完全甦醒，暴動起來，是否還能制止得了呢？

「騰蛇。」

隨著這聲平靜的叫喚，金色眼眸轉向聲音來源。

勾陣俯瞰著瀑布，忐忑不安地說：

「你的火焰也很難殲滅大蛇嗎？」

「大蛇跟我水火不容。」

蛇是水性，與騰蛇的火焰正好是兩種極端。以五行來說，是水剋火。根據這個準則，應該是土將勾陣的力量更能對抗蛇神。

但是把五行套用在那樣的大妖上，是否行得通，恐怕值得懷疑。

連騰蛇灼熱的業火，都只能暫時擊退第二個頭。所以，就算結合所有神將的力量，恐怕也很難殲滅八岐大蛇。

根據神話，當時是把大蛇灌醉，再用劍砍下它的八頭、八尾，丟進簸川裡。

但是，怎麼樣都難以想像，可以用那種方法殲滅那樣的大妖。他們真的很想去找經歷過這件事的天津神，請祂詳細描述殲滅八岐大蛇的過程。

「騰蛇，筆架叉還我。」

「嗯？啊！」

勾陣接過筆架叉，喃喃說道：

「真糟糕……」

昌浩眨眨眼看著她。原來她是想起兩把武器中的一把被彈飛出去，沉入了紅河裡，恐怕很難從瘴氣瀰漫的河裡撈上來了。

如果有辦法把水淨化，說不定還有希望。

「一定要兩把才行嗎？」

「不是……只是少一把比較沒有安全感，不過，現在我的手只能用一把，所以沒什麼差別。」她嘆口氣，又自語自語地接著說：「沒辦法，再拜託天空吧！」

十二神將天空擁有創造無機物質的能力，青龍的大鐮刀也是出自天空之手。只要拜託他，他就會再打造一把一模一樣的筆架叉。

「勾陣，妳的肩膀還好吧？」昌浩擔心地問。

「我沒事。」勾陣回答，並且把筆架叉插回腰間，用左手按著還在痛的右肩，嘆了口氣，懊惱地瞇起了眼睛。

其實，右手完全舉不起來。受到真鐵毫不留情的攻擊，現在又不能使用了。

道反聖域不會受到大蛇妖氣的影響，所以不但神氣恢復了，傷也復元得很快。手好不容易可以動了，現在卻又回到了原點。

最好避免長時間接觸這場雨，連神將們都覺得自己愈來愈疲憊，對昌浩這樣的人類造成的影響想必更明顯。

「昌浩，你的臉色不太好，最好先回聖域一趟……」勾陣停頓一下，想起什麼似地說：「對了……」

「咦，怎麼了？」

昌浩疑惑地偏起頭，勾陣看著他的表情突然變得很可怕。

「昌浩，你居然瞞著我們偷偷跑出來。」

被低沉的聲音這麼一說，昌浩張大了眼睛。

在發生這麼多事後，他幾乎忘了這件事。他的確是趁勾陣和天一暫時離開時，硬拖著太陰和玄武跑去了大蛇復活的地方。

在那裡，見到了比古，知道他就是祭拜大蛇的九流族祭祀王——珂神比古。

勾陣的眼神很可怕。

「回到房裡發現空無一人，害我跟天一找遍了整個聖域。」

不知道發生什麼事，更教人擔心。臉色發白的天一不發一語，找遍聖域每個地方，都快昏厥了。
「這時候，太陰跑回去說大事不好了，我們就匆匆趕來了……昌浩，你到底在想什麼？」
勾陣正疾言厲色地訓話，一直保持沉默的紅蓮突然抓住她的肩膀。
「騰蛇？你幹嘛……我正在訓昌浩……」
回過頭抗議的勾陣，看到紅蓮兩眼發直。
「……妳也一樣，身體還沒完全復元，在這裡做什麼？」
聽到紅蓮又低又沉的聲音，勾陣眨了一下眼睛，滿不在乎地說：
「如果我沒來，昌浩不就危險了？你感謝我都來不及了，憑什麼跟我說這種話？」
一副理所當然的樣子向我借武器的傢伙，還敢說這種話！
勾陣只差沒說出「深表遺憾」這樣的字眼。紅蓮咬牙切齒地說：
「真要是那樣，我會殺了真鐵。」
「你想觸犯天條嗎？白癡，夢話等睡著再說嘛！」
「妳才白癡呢！我說過，跟其他人相比，我最不受管束……必要時，就由我動手。」紅蓮忿忿地說：「妳應該都聽到了吧？」
勾陣絲毫不以為意地說：

「也許有聽到吧！可是我並沒有說過會尊重你的想法。」

聽出她話中有「你是對晴明說，並不是對我說」的意思，紅蓮的眼神更加嚴厲了。

「不管怎麼樣，妳跟昌浩先回聖域。」

幾乎呆呆聽著兩人鬥嘴的昌浩，這才反射性地出聲說：

「我……」

他回頭看著瀑布，視線掃過湍流不息的河岸。

瀰漫的瘴氣如煙霧般覆蓋住河面，愈往前方看，視野愈模糊。

不愧是傳說中大蛇棲息的地方，瀑布看起來夠深也夠寬廣。

「我想去找爺爺、六合和風音。」昌浩握起拳頭，回頭對神將們說：「我知道你們說得都對，可是我現在坐立難安，沒辦法待在聖域什麼也不做！」

默默聽著的勾陣平靜地說：

「我可以了解你這麼想的心情，我們在找你時，也是一樣焦躁不安。」

昌浩張大眼睛看著勾陣，這個比他修長的身軀，不久前才被真鐵重創過。

「這傢伙受重傷，連動都不能動時，也是吵著要去找你，勸都勸不聽。所以我才擊昏他，把他沉入了湖裡。因為傷得那麼重，到處跑只會幫倒忙，還不如趕快把傷治好才是上策。」

「喂……妳其實是不動聲色地在替自己辯解吧？」

「我只是陳述事實而已。關於那件事，我根本沒必要辯解，為什麼非辯解不可？被你說得愈來愈複雜，不要再說了。」

勾陣一口氣把話說完，讓紅蓮閉嘴，再轉向昌浩說：

「你還沒有完全復元，實在不應該想做什麼就做什麼……還有，我也無法認同你袒護敵人祭祀王的行為。」

「那是……」

昌浩的眼眸搖曳著。

「勾，是太陰告訴妳的？」

「沒錯，天一也知道了。」

紅蓮點頭說這樣啊，勾陣豎起柳眉問他：

「救了昌浩的少年，真的是珂神比古？」

聽到「珂神比古」這個言靈，昌浩的肩膀顫抖起來。

「勾陣，不可以說那個名字。」

她疑惑地偏頭俯視著昌浩。

「這件事我也聽太陰說過，所以有特別注意。昌浩，你說珂神不是祭祀王的名字，是什麼意思？」

昌浩搖搖頭說：

「我認為不是……除此之外，什麼也不知道。」

但是……

「比古不是珂神，比古就是比古。」

看到昌浩頑固地重複這句話，勾陣把手抵在唇上，陷入了深思。

位置比自己高的黑亮雙眸絕對沒有苛責的意思。如果有，昌浩就會爭論到底，既然沒有，他就不好再多說什麼。

思索了好一會後，勾陣才輕輕嘆口氣，轉向紅蓮說：

「現在回去聖域，也難保他不再偷跑出來。」

尤其是被逼入絕境的人，有時行動力會超越想像。而且昌浩又很頑固，即使現在說服他，他還是會在大家卸下心防時再採取行動。

「既然如此，還不如我們跟著他，照他的希望去找。」

紅蓮眨眨眼睛，沉下臉來。

他總覺得勾陣是在討好昌浩，同時也給自己找個不必回聖域的正當理由。

看著六合的銀手環，紅蓮煩悶地皺起了眉頭。

六合去追被真鐵佔據的風音軀體，晴明也隨後跟去了。如果真鐵說得不假，那麼，風音跟六合就是掉進了這個瀑布裡。

那麼，晴明呢？

以靈縛網困住多由良後，晴明去了哪裡？

紅蓮閉目沉思。

那個晴明，不可能不去找六合。不管發生什麼事，他都不可能扔下也是朋友的十二神將。

既然這樣，晴明應該沿著河往下走了。

看著從瀑布往下流的河川，紅蓮握緊了手上的銀手環。前方瘴氣彌漫，視線被樹木遮擋，沒辦法從這裡看到晴明或同袍的身影。

雨還是重重地打在身上。

看看昌浩，他已經冷得臉色蒼白，嘴唇發紫。勾陣也一樣，幾乎沒有血色。不過，她應該不只是因為這場雨的關係。

紅蓮的真正想法，是希望把他們兩人都送回聖域，自己一個人去找晴明。但是，他又不放心離開昌浩。

也擔心在第一個頭旁邊的玄武他們。

只要玄武的神氣耗盡，那個波動牢籠就會被摧毀。如果在毫無力量時被可怕大妖的妖力擊中，即使有太陰、白虎和天一在，恐怕都很難保住玄武的性命。

怎麼樣都揮不去處於劣勢的感覺。作戰對象是人類，不能出手的焦慮與氣憤，比什麼都消耗神將們的精神。

對方是人類，只能交給人類陰陽師去對付。但是，他也知道，晴明和昌浩都不喜歡對人類施行法術。

可能的話，他們都不希望對人類發動強烈攻擊。若是讓對方受傷，他們的心也會同樣疼痛。

紅蓮無奈地嘆息著。

到瀑布下方有相當的距離，繞一大圈爬下懸崖，很浪費時間。

「勾，拿著。」紅蓮把六合的銀手環交給勾陣，對昌浩說：「去找晴明吧！」

「紅蓮。」昌浩的眼睛亮了起來。

紅蓮嚴厲地對他說：

「但是一找到晴明，你就要回聖域。至於六合，我們知道他沒事。」

他們都沒感覺到同袍死亡時傳來的衝擊。即使真的掉進大蛇的毒血裡，六合應該也會用神氣包住全身，保護自己。

而且六合有靈布，只要纏著那塊布，就大有可能不致被毒血燒爛。

「至於風音……只能相信六合了，昌浩。」

聽到紅蓮不容反駁的語氣，昌浩只能默默點頭。

「沒時間繞一大圈了，我們要從這裡跳下去，昌浩，抓著我。」

紅蓮單手抱起昌浩，對勾陣使個眼神，就縱身跳下去了。

四平八穩地降落在崖下的紅蓮與勾陣，放下昌浩後，先仔細觀察四周。

感覺不到大蛇的氣息，那可怕的妖氣不知道消失在何處了。

「第三個頭跑到哪裡去了？」

大蛇的頭沉入河裡後，就消失了。復活可能只是一時性的，形體還不完整。

昌浩突然想起來，珂神和茂由良說過還需要其他祭品。

在獻上祭品前採取行動，說不定就可以消滅大蛇。

「其他祭品……到底是什麼呢？」

灰白狼茂由良說過，可以暫時用太陰來充數，以銜接真正的祭品，所以應該已經有被選為祭品的女巫。

為了避免再有人犧牲，現在也必須先跟晴明他們會合。

「那邊。」

紅蓮眨個眼睛變成小怪模樣，就跳上了昌浩的肩膀。

貼近臉頰的夕陽色眼睛充滿怒氣。

想到自己老是惹它生氣，昌浩長嘆了一口氣。

等人類都消失不見後，黑色妖獸才從樹林裡鑽了出來。

妖獸四下查看，斷定人類不會再回來，就沉入了紅紅的河水裡。

它的身體沉入水底，一時只聽見雨水和瀑布飛濺的聲音。

不久後，水面產生波紋，妖獸又浮上了水面。

爬上岸的妖獸，嘴裡啣著勾陣掉進水裡的筆架叉。

6

就是妳。

就是妳。

妳是無上的祭品。

妳將成為我們的糧食，成為我們永遠存留在這世上的關鍵。

太陽已然西斜。

從板窗縫隙確認太陽高度的敏次，在矮桌旁咳聲嘆氣地坐下來。

凶日假期間，他孜孜不倦地自修，把手上的書都看完了，現在閒得發慌。

想寫幾張符咒，又不知道凶日假中製作的東西，以後能不能使用。

正悶聲低嘆時，急促的腳步聲逐漸接近，停在他的房門前。

「敏次。」

「什麼事？母親。」

母親的語氣聽起來很慌張。

不知道發生什麼事的敏次疑惑地問。母親站在緊閉的門前，說出了出乎他意料的事。

「參、參議大人的女婿來了……」

「什麼？」

敏次張口結舌。

參議？藤原一族有不少人官居參議，到底是哪一位的女婿呢？

敏次家雖然也是藤原一族，但是身分不高，所以跟官居參議的人沒什麼往來。最親近的就是藤原行成，但他是右大弁。

「他說想見你，怎麼辦呢？我跟他說，你正關在房裡齋戒淨身，恐怕不能見他，可是他說這種事不成問題……」

「不，有問題。」

敏次說得很認真。這是遭遇異形後，為了除去身上污穢所請的凶日假，所以不但有問題，而且大有問題。要是不小心跟現在的自己接觸，沾染污穢就不好了。

「我不知道來的人是誰，但不只他自己，連參議大人都可能沾染污穢，身為參議的女婿竟然做出這麼危險的行為，太欠思慮了，簡直是輕舉妄動……」

連對方是誰都不知道，敏次就忿忿地唸了一長串。

這樣磨蹭半天，客人都被帶到房門前了。

敏次心想，非以陰陽師的身分好好教訓這個人不可，然而他才要站起來就眨眨眼睛，盯著木拉門不動了。

這個人是參議大人的女婿、藤原一族，還大膽斷定凶日假完全不成問題。

難道是……

張大眼睛的敏次聽到的，正是浮現腦海的「那個人」的聲音。

「敏次，我可以開門嗎？」

敏次慌忙跳起來。

「啊，是！啊！不，不可以，成親大人！我正在齋戒淨身除穢中，萬一讓成親大人沾染污穢，我將難辭其咎！」

安倍成親彷彿看到手忙腳亂的敏次，在房裡不知所措地走來走去的樣子，他在門外開朗地笑著說：「我說沒問題就沒問題。我帶來了陰陽博士給你的驅邪楊桐，他說只要在鬼門①插一晚，明天就可以結束凶日假了。」

不知道為什麼高舉雙手擺出萬歲姿態的敏次，瞪大了眼睛。

「咦，博士……？實在太不敢當了。」

說到陰陽博士，就是大陰陽師安倍晴明的長子安倍吉平。這個人相當於成親的伯父，為人豪爽，而且精明能幹。

「他說你是陰陽生榜首，缺席這麼久，會使寮內的士氣低落。我說我要來看你，他就把這東西交給我了。」

敏次保持萬歲姿勢，感動得全身顫抖。把抖個不停的拳頭放到胸前後，還在心中反覆咀嚼陰陽博士感人肺腑的話。

「行成大人也託我帶話給你，他說希望你早點回陰陽寮，好好用功。」

敏次的眼睛張大到不能再大。

「連、連行成大人都……」

想起平時就很關心自己的右大弁，敏次不禁眼睛發熱，覺得自己很幸運。

「所以，我要開門囉！」

開朗的聲音剛響起，門就直接被打開了，敏次完全來不及阻止。

「成親大人！」

敏次臉色發白，只見成親輕快地走進他的房間，大步向前，猛地推開板窗。

「關得密不通風，不但悶熱，空氣也不好。空氣流通很重要，這樣才能驅逐陰氣，把陽氣招進來。」

「不，不是那樣。」

「空氣不好，陰氣就會愈來愈重，如果沉浸在裡面，會對人的精神造成威脅。所以我祖父說，齋戒淨身時也要注意空氣流通。」

敏次清楚聽見了成親隨口帶過的名字。

「咦，晴明大人？」

成親心想，這傢伙還真單純呢！笑著對他點點頭。

「沒錯，我祖父說的。啊！這是陰陽博士給你的驅邪楊桐，請插在鬼門的方位。」

敏次誠惶誠恐地接過綁著紙垂②的楊桐枝，插在面向東北方的板窗上。

這時候，成親對著敏次的背部結手印、唸神咒。

「惡靈使者莫纏身……」

敏次覺得身體突然變得輕盈起來，回過頭看，成親正將單手結起的刀印抵在唇上，唸著一長串的咒語。

「皆遠離無憂懼……」

滯留室內的陰氣被唰地沖走，消失了。明明沒有點燈，屋內卻莫名地明亮起來。

精湛的法術讓敏次感歎不已，眼睛閃閃發亮，啞口無言。完成所有過程的成親看到他這樣，眨眨眼睛，覺得很不好意思。

自己還不值得讓敏次露出這麼驚羨的眼神。

從祖父晴明到伯父吉平、父親吉昌和兩個弟弟，都可以輕易做到這種程度。不過，昌親應該不會率先做這種事，因為他把重心放在觀星和預測上，在這方面的才能遠勝過祈福消災。

成親自己也從不諱言「製作曆表比較適合我」。然而，官員們都很肯定他的實力，有時還是會拱他出來做陰陽師的工作。

成親的妻子是參議家的大千金，聽說她很不喜歡丈夫被人家呼來喚去。

這是跟他走得很近的藤原行成告訴他的。

「明天你就可以去陰陽寮了。」

成親拍兩下手做最後終結，響亮的聲音驅走了沉澱的殘渣。
「真的麻煩您了，不好意思……如果我也有驅邪的能力，就不至於這麼失態了，想到這一點，我就很氣我自己。」
敏次沮喪地垂下頭，成親開朗地笑著拍拍他的肩膀說：
「你已經很努力了，至於我……應該說是趕鴨子上架……被逼出來的。」
在昌浩出生前，他動不動就會想到，自己應該是祖父的接班人，即使很難趕上那個大陰陽師，也要擁有實力，闖出名聲。所以，現在的成果都是拜當時的努力所賜。
不過，還是贏不過天才。他本來就不是很想當晴明的接班人，因此很乾脆地轉換了跑道。
老實說，當祖父的接班人是很沉重的負擔。愈是培養實力，就會愈清楚格局的差異，覺得自己一無是處。
所以，如果昌浩說不願意，成親也決定尊重他。因為自己是昌親和昌浩的哥哥，應該扛起大家最不願意扛的任務。
「啊！成親大人，對不起，忘了請您坐下來。」
敏次慌忙拉過坐墊，成親揮揮手叫他不用介意，坐了下來。他並不打算久待，卻又不忍心拒絕他。

在成親面前正襟危坐的敏次挺直背脊，一臉正經。全身繃得那麼緊，應該很累吧？

「這是你自己的房間，你可以更放鬆一點……」

敏次眨眨眼睛，面有難色地說：

「是嗎……？我這個人就是放不開，反應又遲鈍，不太懂得隨機應變。」

「會嗎？在陰陽寮，大家都稱讚你很懂得隨機應變，頗有彈性呢！」

敏次渾身不自在地低下了頭。

「我只是朝那樣去做而已，在這方面，我哥哥比我強多了……」

露出淡淡苦笑的敏次，眼睛瞬間蒙上陰霾。

「啊……」成親微微一笑，垂下眼睛說：「好快，明年你就跟你哥哥當時同歲數了。」

敏次閉著眼睛點點頭，又搖了搖頭。

「好像把氣氛搞得有點沉了……今天真的很謝謝您特地來看我。」

「偷偷告訴你一件事，」成親苦笑起來，對他眨一隻眼說：「行成大人表面上要你趕快回陰陽寮用功，其實是因為你關在家裡太久都沒有消息，擔心你會不會是被異形的妖氣傷到了身體。」

「行成大人……？」

敏次張大了眼睛，成親好笑地瞇起眼睛說：

「行成大人大概是把你當成了弟弟，我自己也有兩個弟弟，可以了解他的心情。」

雖然現在成為參議的女婿，搬離了家，不常跟弟弟們見面，但是在寮內遇見時，還是會注意他們的氣色。尤其是小弟，經常擔負著不為人知的重大任務，可以想見有多傷神。

成親很希望能為小弟做些什麼，無奈他的才能、實力遠在自己之上，很少有自己幫得上忙的時候，要說煩惱，這的確也是煩惱。

「對了，您去看過昌浩了嗎？」

「還沒有，打算等一下去。」

「那麼，明天昌浩也能去陰陽寮了？我們都要趕進度才行……」

敏次自顧自地嗯嗯點著頭，成親擠出笑容，假裝漫不經心地說：

「應該是吧！不過，聽說是我祖父晴明擊退了攻擊你們的異形？」

「是的，沒錯，成親大人。」敏次猛點頭，眼睛閃閃發亮。「他有遠在千里之外也能透視的慧眼，我沒有靈視力，所以看不到晴明大人驅使的式神長什麼樣子，但是當他們把異形打得落花流水時，我可以感受到驚人的通天力量，讓我全身起雞皮疙瘩。」

可以操縱十二個那樣的式神，真不愧是人人稱頌的曠世大陰陽師。那全然看不出高齡的卓越靈力，教人憧憬……！

敏次說得慷慨激昂，成親點頭說這樣啊、這樣啊，又接著說：

「那些式神都有接觸到異形，驅使他們的祖父當然也要齋戒淨身，所以，我想同住一個屋簷下的小弟，齋戒淨身的凶日假恐怕要比你長一點。」

敏次呆呆地看著成親。

「說得也是……！的確是這樣，我都沒想到。」

敏次懊惱地握起拳頭，咬住下唇。

「我太幼稚了，您笑我吧！我這個陰陽生榜首只有這種程度！」

成親心想這傢伙真的很有趣，拍拍他的肩膀，安慰他說：

「能正確評價自己，表示你很公正，一點都不會愧對榜首之名。行成大人也對你有很大的期待。但若是過度責備自己，未免太卑屈了。」

可能是太出乎意料，敏次滿臉驚愕。

「這就是所謂言靈，說不好的言靈，還不如說好的言靈招來好運。好了，我該走了。」

成親站起來準備告辭，敏次也站起來送他。

「對了，成親大人。」

「嗯？」

為了謹慎起見又環視室內一圈的成親，回頭看著敏次。室內明明沒有第三者在，敏次卻壓低了聲音說：「前些日子見過的昌浩的未婚妻……」

成親眨了眨眼睛。

不久前，他在市集遇到去買東西的彰子，偏偏敏次也正好在場。

敏次問那是誰？他就回說，是我小弟的未婚妻。

「啊！她怎麼了？」

強裝鎮定的成親眼中閃爍著不安，很怕敏次是不是發現了什麼。

敏次沒注意到成親的語氣不對，憂心忡忡地說：

「晴明大人和昌浩都在齋戒淨身除穢，多少也會對家人造成影響吧？我記得當時見到的那位未婚妻看起來弱不禁風，希望她這次不會有事……」

看到敏次打從心底擔憂的樣子，成親真想抓抓他的頭髮，趕緊以意志力壓抑就快笑起來的嘴巴，一本正經地點點頭說：「應該不用替她擔心，我祖父和父親都很小心，絕對不會連累到我母親和那位未婚妻……感謝你的關心。」

被成親低頭致謝，敏次明顯慌張起來。

「啊！別這麼說，我只是有點擔心，還怕自己會不會管太多呢……」

手足無措地拚命解釋的敏次，眼神忽然變得慎重起來。

「對了，今年年初，昌浩臉上出現失物之相，那時我還以為是他的未婚妻發生了什麼事，他才會變得那麼憔悴，不過，好像是我多慮了。」

成親眨眨眼，在內心感嘆著。

出現在昌浩臉上的失物之相指的是什麼，成親知道。指的不是彰子，而是對昌浩非常重要、無可取代的存在。

敏次雖然沒有靈視力，但絕對有成為陰陽師的才能，未來值得期待。

「感謝您今天來看我，明天我就會去陰陽寮，以後也請多關照。」

「不用放在心上，我也是藤原一族的親戚，而且陰陽生榜首老是不在，也可能影響曆生，造成士氣低落。」

成親輕柔的語調，緩和了敏次緊張的表情。

敏次和母親一直送到門口，深深一鞠躬，送成親離開。

接著前往安倍家的成親，忽然想起對昌浩說過的夢。

有東西發出咻咻聲，在黑暗中蠕動著。

那是什麼呢？

西斜的太陽逐漸染紅天際，就快到逢魔時刻了。

「啊，孫子的哥哥！」

成親聽到瘋狂的喊叫聲，瞬間停下腳步，但很快又逕自往前走。

小小的身影一個接一個跑到他腳下。

「幹嘛啦、幹嘛啦？不要不理我們嘛！」

「就是嘛、就是嘛！明明看得到我們。」

「孫子的哥哥，你要去孫子家嗎？」

快步走了好一會兒的成親，莫可奈何地嘆口氣說：

「你們還真會給人取有趣的名字呢！」

連滾帶爬的獨角鬼狡黠地笑了起來。

小跑步的龍鬼得意地揚起了頭，在旁邊跳來跳去的猿鬼也齜牙大笑。

「因為你是晴明的孫子的哥哥呀！」

「我們也可以叫你成親，可是那樣的話，我們怕孫子會抗議。」

「孫子是孫子，所以叫孫子，為什麼孫子會不高興呢？」

成親苦笑起來。

跟騰蛇的化身小怪一樣，小妖叫小弟「孫子」，有它們的道理。

它們這樣的稱呼，不只代表昌浩繼承了晴明的血脈，而且暗示著昌浩是唯一的接班人。

「如果你們把話說清楚，那小子的心情也會好一點吧？」

三隻小妖的視線彼此交會。

「不，我們不說。」

「孫子就是孫子，要自己察覺才行。」

「你跟昌親就都知道啊！」

「當然，他的歷練還不及我跟昌親。」

小妖們笑說沒差多少啦，跳上成親的肩膀。

「不要突然跳上來，萬一被我不小心撥下去，我可不道歉哦！」

瞇起一隻眼睛的成親抓住差點滑下去的龍鬼，讓它攀在右手臂上。

小妖們沒什麼重量，雖然離安倍家還有一段路，也不會造成負擔。

「孫子不在，小姐很寂寞呢！」

「他什麼時候回來？」

「見不到他，我們也好像缺少了什麼。」

想起完全被當成玩具的昌浩，成親嘆口氣說：

「受小妖們歡迎，真不知道是幸還是不幸。」

「哎呀！很難遇到像他那樣的人呢！不好好玩他怎麼行？何況他還會比我們早走。」

「是這樣嗎？」成親問。

三隻小妖點點頭說：「沒錯。」

人與妖怪的存活時間不一樣。

彰子答應要做糯米餅給它們吃。她說待在安倍家期間，每年正月都會做給它們吃，只要她還活著。

它們不知道能吃幾次，但是，每年都會好好咀嚼那個味道，把一點一點成長、一點一點累積歲月的人類看個仔細。

因為能這麼坦然面對它們的人類真的很少，它們真的很開心。

「不過……」猿鬼的臉色沉了下來，喃喃地說：「回到安倍家後，小姐的身體不是一直不太好嗎？昨天看起來氣色還不錯，今天就都躺著沒起床。」

成親眨了眨眼睛說：「是嗎……？」

✱ ✱ ✱

珂神和茂由良回到家，看見迎接他們的真赭和真鐵，全身僵硬起來。

個子比珂神高的真鐵只是斜視著我行我素的大王。

「大王，你有沒有自覺啊？」

真赭壓抑情緒，緩緩地說。珂神好幾次欲言又止，最後什麼也沒說，保持沉默。他很清楚是自己不對，沒有反駁的餘地。

戰戰兢兢地看著雙方的茂由良想開口幫珂神說些什麼，但被真赭一瞪，就沮喪地垂下了耳朵。

茂由良很怕八岐大蛇，但是更怕母親。

珂神低著頭，從緊繃的喉嚨擠出聲音說：「對不起。」

「有大王穩坐後方，我們才能無後顧之憂地奔赴沙場。像大王這樣自己先跑出去，我們也很難守護。」

「我有欠思慮……」

「士兵失去該保護的對象，就會失去生存的價值。你知不知道傳承九流族族長血脈的人，只有你一個？」

默默點著頭的珂神，悄悄望向真鐵。

毫無表情的臉，正盯著自己。兩人視線交會時，珂神似乎想說什麼。

然而，他開不了口。

真赭罵得很對，不管自己有多擔心，都不該像以前那樣私自跑出去。

但是，這樣多寂寞啊！他心中一直有個疑問，明知道自己不如真鐵，為什麼非由自己來做不可？

「荒魂還沒有完全復活，荒魂自己選擇的祭品在這裡。」

真赭的眼睛閃閃發亮。

保持緘默的真鐵向前一步，打開了祭殿的門。

房間內泥地裸露，沒有鋪地板。

中央有片泉水，用來做水占卜。水從那裡一直線穿過牆壁，流到外面，最後注入簸川。

水占卜必須使用澄淨的清水。被扔進簸川源頭的第八個頭的鱗片所釋放出來的妖氣，也飄不到這麼遠的地方。

看到躺在泉水旁的人，珂神張大了眼睛。

「真鐵，這是……」

真鐵回頭看著張口結舌的珂神，淡淡地說：「接下來是你的任務，祭祀王。」

「這……」

珂神握緊了拳頭。

荒魂正期待著祭品。

＊　＊　＊

有誰在呼喚著。

聽得見聲音。

呼喚的不是她的名字。

然而，確實是在呼喚她。

螢火蟲飛舞著。

飛過的軌跡，沿著身體纏繞。

感覺得出來，心被牽動了。

不管怎麼抗拒，那股力量還是緊緊纏繞著，不放開自己。

有誰在呼喚著。

一次又一次地重複。

可怕的聲音說：妳才是我的祭品。

紅色螢火蟲在黑暗中交錯飛舞。

於是，聲音響起——

過來這裡。

祭品啊！來到我身旁。

聲音如此說。

✖ ✖ ✖

小怪的陰陽講座

①「鬼門」是鬼出入之處，也是必須避忌的不祥方位，在陰陽道是指東北角方位。

②「紙垂」是將一張紙對摺後，再切割成好幾張上下相連的長條紙，掛在注連繩（日本新年時掛在門前的一種草繩編織物）上，用來避邪。

7

有誰在呼喚著。

有誰在呼喚著。

一次又一次地重複。

那是神治時代降臨這片土地的神之聲。

是絕對不會離開所在地，住在大磐石裡的天津神。

——比古。

——比古。

——比古神啊！

屬於天津神的大磐石之神，要拜託水火不容的比古什麼事？

為何需要協助？

比古神們已經感覺到，再度降臨人世的可怕蛇神帶來的威脅。

天津神啊！為何在這種時候，連祢都來呼喚我們？
發生了什麼事？在我們未察覺之處，究竟發生了什麼事？
比古啊，比古神啊！
如何是好？
該不該回應天津神的聲音呢？

✖ ✖ ✖

若干思路都收到來自天津神——道反大神的「聲音」。
然而，一想到互不侵犯的約定，就猶豫了。
平靜地生活在這世上的山之比古們，絕不干涉彼此。
這是幾百年來的默契。
「但是，不能再這樣下去了。」
其中一個比古神在經歷幾百年後現身了。祭祀祂的比古們潛居在簸川下游，那裡已經化為蛇神的毒血。
既然那個地方遭到威脅，祂就不能坐視不管。

其他比古神問祂是否要去。

這個比古神點頭說：

「是的，那條河川遭到污染，會讓祭祀我的人民滅絕。」

投入這條河川的咒具，把河流染成了紅色毒血。

究竟是什麼人讓那可怕的大妖復活了？

落入黃泉之國的蛇神應該已經沾染死氣，再也不能回到人界了。唯一可以喚醒它意念的鱗片，被封印在閉鎖的道反聖域內。

——看來是祭祀蛇神的人民攻破了聖域。

——鱗片被投入河裡，而且流入了再度降臨之血。

——血的力量，足以除去死氣，創造出實體。

——那不可能是人類之血。

聽著算是同袍的比古神們的聲音，祂來到瘴氣彌漫的河岸，蹲下來，毫不畏懼地把手伸進紅通通的水裡。

咻咻冒起白煙。

比古神眉頭也不皺一下，盯著河面，尋找被吞噬的身影。

祂並不是仁慈到欣然答應協助天津神，只是若讓擁有天津神血脈的軀體繼續泡在河裡，大妖的實體就會逐漸成形。

鋼劍被比古神的神通力吸過來，浮出水面。包覆著神通力的劍淌著毒血，落入比古神手中。

「就是這個……？沒想到力量大到足以形成大妖的蛇體……」

毫無抑揚頓挫的聲音戛然而止。

河流裡出現被神氣包覆的身影。纏繞般的神氣，眼看著就要消失了。

比古神再次把手伸入水中，把那股神氣吸過來。

全身散發著淡淡光芒的人影從水中躍了出來。

一個外型與人類相似的非人類，緊抱著纏繞著深色靈布的軀體。

已經耗盡所有生命力，失去了意識。

「即使這樣還是不放手，真教人佩服。」

蛇神的毒血會燒爛一切生物，而他全身碰觸妖氣卻沒有明顯外傷，應該是靠神氣阻隔了毒血。

但是，假使接觸妖氣的時間過長，即便沒有傷口，也會削弱生命力。

霪雨霏霏，清除了年輕人身上的毒血。

沒有血色的肌膚像白雪般蒼白，緊閉的眼睛動也不動。在水中微微散發的神氣就快消失殆盡了。

「若丟下他不管，生命之火將會熄滅……這個是？」

比古神有所防備地伸出手，正要翻開深色靈布時，從布的縫隙之間瞥見纖細的手指。

又白又細，應該是女人的手指。

年輕人的手臂完全扳不開，好不容易拉開一條縫，才看到膚色白皙的年輕女人臉龐。比古神把手放在她唇間，發現她沒有呼吸。

「這張臉是……」

注視著女人的比古神覺得很眼熟，瞇起了眼睛。

雖然氣質不太一樣，但是，這張臉長得跟天津神道反大神的妻子女巫一模一樣。

祂想起大神與女巫之間，的確有個幾十年前失去下落的女兒。

那麼，這就是他們女兒的屍骸？

「這個緊抱著屍骸不放的人又是誰？」

既然擁有神氣，應該是與神的眷族相關的人，但是就比古神所知，並沒有這樣的人類存在。

那麼，是屬於天津神？

不管怎麼樣，這個年輕人就快變成黃泉之國的子民了。

道反公主的屍骸已經沒有靈魂殘存，為什麼道反大神還苦苦求助於祂呢？

比古神也知道，大神是沒辦法移動才求助於祂，但還是無法理解為什麼要救這樣的屍骸。

百思不解的比古神，視線被年輕人胸前的紅色勾玉所吸引。

具有微弱力量的勾玉，是用經過道反大神加持的瑪瑙做成的。

看到勾玉裡的一道光芒，比古神張大了眼睛。

「原來如此……這樣我就能理解了。」

恍然大悟的比古神放下手上的鋼劍，把手掌靠向勾玉。

比古神們生於此、長於此，能操縱神之國出雲的氣息，有時還可以喚回落入黃泉之國的人，切斷黃泉的鎖鏈，把生命帶回人世間。

「這個軀體尚未落入黃泉之國。」

比古神瞥一眼抹上死亡色彩的美麗臉龐，閉起了眼睛。

「道反大神啊！祢欠我一個人情。」

比古神鄭重宣佈。從祂身上迸出來的神氣，包住了道反公主。

雨還繼續下著。
雨水打在皮膚上很痛。
除了雨聲和水聲外，什麼也聽不見。
「……」
從生硬的喉嚨中，發出微弱的呻吟聲。
她拚命撐開沉重的眼皮，看到覆蓋視野的夜色。
「好暗……」
明明是喃喃自語，卻只能從嘴巴發出咿啞的微弱聲音。
一用力呼吸，胸口就一陣悶痛。
好重，好像有什麼東西纏著她，不肯放開。
她使勁地移動手臂，在夜的縫隙間，看著移到視線範圍內的手指。
「咦……？」
不是夜晚，是深色的東西包住了自己。
察覺後，她張開了眼睛。
這是她熟悉的顏色。因為吸了雨水變得沉重，而緊貼在皮膚上的這塊布，平常都是在風中飄揚。

她扭來扭去，翻轉身體，用手肘撐起上身，把臉探出深色布之外。她知道纏繞在她身上的布是什麼東西。

從這塊布可以看到絕不放開的意念。

緊抱著她的手指訴說著，絕不把她交給任何人。

風音把手伸向近在咫尺的臉，連眨眼都忘了眨。

「彩……輝……？」

手摸到的臉，冷得像冰雪。

好不容易從六合手臂掙脫出來的風音，發現貫穿自己胸前的傷口已經癒合了。

她驚訝地四下張望，看到放在草地上的鋼劍。她知道，就是那把劍刺穿了自己的胸口。

「怎麼會這樣……？」

是誰把他們從紅色河裡撈上來的？

不管怎麼觀察四周，都沒有任何人的動靜。

茫然失神好一會後，她發現下個不停的雨挾帶著妖氣，正分分秒秒削減著自己身體的熱度和靈力，頓時臉色發白。

「彩輝、彩輝……你醒醒啊！」

她用不聽使喚的手拍打六合的臉頰。沒辦法使力，是因為靈魂脫離軀體太久，還沒有適應僵硬的身體。

用力晃動六合的肩膀，也只有結實的身體被稍微推動一下，緊閉的眼睛完全沒有張開的跡象。

一陣涼意掠過風音的背脊。

毫無血色的六合，臉上浮現的不會是死亡之相吧？

「彩……輝……？」

她戰戰兢兢地呼喚他的名字，撥去貼在他額上的茶褐色頭髮。輕輕按在他嘴唇上的手指，完全感覺不到呼吸。

「唔……！」

風音發出僵滯的叫聲，抱緊六合的頭。

喉嚨凍結，只能發出喘息，彷彿忘了發聲的方法。

風音用力咬破自己的手背，血從裂開的皮膚湧出來。

以前，聽母親說過。

傳承道反大神血脈的人，血中的力量可以挽回即將消逝的生命，因為繼承的是所謂「大地化身」——大磐石之神的力量。

——妳要小心，妳身上流的血具有喚醒亡者的力量，絕不能被濫用。

風音把湧出來的血含在嘴裡，以嘴對嘴的方式讓六合喝下去。

血從六合的嘴角溢出來，流成一條血線，很快就被打在身上的雨水洗淨，消失不見了。

「求求你……！求求你，喝下去啊！」

風音的淚水奪眶而出，用全身力量緊緊抱住六合的頭，彷彿這樣就能拉住他漸漸被拖往黃泉之國的靈魂。

「彩……彩輝！」

這是她的生命之火即將熄滅時，六合告訴她的名字。

他說，這是晴明給他的至寶，沒有人知道。

他說，只要她願意，不管多少次，他都會伸手抓住她，而且，絕不放開。

如他所說，即使瀕臨死亡，他也沒有放開風音。他不惜犧牲自己，用身上的靈布包住風音，幫她阻隔了大蛇的毒血。

「彩……輝、彩輝！」

求求你張開眼睛。

神啊！求求祢，不要帶走這個人。

「父……父親，救救他啊！父親！」

他就快被帶去黃泉之國了。這樣下去，他將犧牲自己，消失不見。

她拜託父親把自己放在他身旁，並不是為了這樣的命運。

「求求你……父親……誰來救救他啊……！」

救救這個人啊！

從雨聲中傳來樹木搖曳的聲音。

風音倒抽一口氣，抱著六合回頭看。

認出那個人後，風音張大眼睛，屏住了氣息。

肩膀上下喘著氣的年輕人，茫然地回看著她。

風音知道這個人。

在她過著被欺騙的生活時，就是把這個陰陽師當成了敵人，而且毫不懷疑。

她的臉扭曲起來。

「晴明……大人！」

現在他是多麼值得依靠的母親友人。

終於找到兩人的晴明，驚愕地張大眼睛叫出聲來：

「六合！」

躺在風音懷裡的六合動也不動一下。纏繞他全身的濃烈瘴氣，正磨滅著他的生命，把他拖往死亡。

晴明衝到六合身旁，摸摸他的額頭。

冷得像冰一樣的肌膚，浮現了死亡之相。

「晴明大人，彩輝他……」

聽到「彩輝」的言靈，晴明的手瞬間靜止。

他看看風音，心中暗忖原來是這麼回事啊，對她笑笑，讓她平靜下來。

「放心，神將六合沒那麼脆弱，不會輕易落入死亡的深淵。」

「可是……」

「彩輝這個名字，是代表朝霞的光芒，散發著驅逐黑夜死氣的光輝。」

風音盯著晴明，眼睛眨也不眨一下。奪眶而出的淚水和雨水一起滑過臉龐，滴在六合的嘴上。

「先找個地方躲雨，這樣下去妳也會凍壞。」

晴明揹起比自己高大的神將，往可以躲雨的大樹樹根移動。

風音抱著六合的靈布，跟在後面。

她走起路來還踉踉蹌蹌，晴明邊注意她，邊走到勉強可以躲雨的地方，放下六合，讓他靠在樹幹上。

「晴明大人，那個法術……」

風音擔心地詢問以年輕姿態出現的晴明。

晴明點點頭說：「是的，這是離魂術，長時間使用會對本體造成負擔，不過現在還好。」他把手放在胸前，微微一笑。「道反女巫給我的出雲石，可以增加我的力量。」

風音注視著六合胸前的勾玉，那原本是母親的耳環。

從大蜈蚣手中接過勾玉後，六合就片刻不離地帶在身上。

彷彿與風音心靈相通，知道她深切希望待在他身旁。

淚水再次從風音臉上滑落。她好不容易醒來了，多麼盼望再見到那雙朝霞般的眼睛啊！

「怎麼會變成這樣……」

她悲痛地低吟著。

晴明默默地搖搖頭。

這時候，一個身影出現在他們身旁。

晴明倒抽一口氣，站起來護著六合與風音。

把兩人擋在身後的晴明開口問：

「什麼人？」

出現的男人穿著不常見的衣服，風格有點像道反大神，但嚴格來說並不一樣，比較像上古時代的服裝。

纏繞全身的氣息，帶著不同於人類的莊嚴。

晴明眨眨眼睛，似乎察覺到什麼，以疑問的語氣說出：

「比古……神？」

比古神以眼神回應。

祂走到緊張的晴明身旁，單腳蹲下來，觀察六合的神色。

「剛才他臉上還浮現死亡之相呢……」

風音繃起臉，盯著比古神。感覺到她強烈的視線，比古神瞥過她白皙的臉一眼。

「妳是道反大神的女兒？叫什麼名字？」

聽到毫不客氣的自大語氣，風音狠狠地瞪著比古神說：

「要知道我叫什麼，先報上自己的名字。」

比古神驚訝地張大了眼睛，然後噗哧一笑說：

「不愧是神的女兒，自尊心不輸給我們。」

晴明心驚膽顫地看著比古神和風音對峙的樣子，看著看著，突然眨了一下眼睛。他

發現風音的衣服破破爛爛，到處都是血漬，不禁心疼起來。

那些血漬，是被真鐵的劍刺穿時噴出來的血，沒有被雨水沖刷掉。

為了道反大神和女巫，晴明必須盡快把她帶回聖域。

但是，他又擔心還沒有恢復意識的六合。

晴明拿起六合的靈布，邊輕唸咒文，邊抖動著。

布中飽滿的水氣，立刻擴散開來。

晴明心想，應該不需要經過本人允許吧？就把靈布披在風音肩上。風音有點驚訝地看著晴明，但沒有拒絕。

她抓住裹在自己身上的靈布，咬著嘴唇，垂下眼睛。晴明想替她遮掩身上血漬的心意，讓她很開心。

比古神看看草地上的劍，皺起眉頭說：

「果然是九流族的人喚醒了蛇神？」

聽到不熟悉的名稱，晴明疑惑地看著比古神。

年輕人模樣的比古神以動作指示他把劍拿起來，然後站了起來。

晴明拿起劍後，比古神便指著劍柄上的圖騰說：

「圓圈裡有九個頭，所以是九流族的標記，他們擁戴的是祭拜蛇神、將蛇神稱為

手指。

「『荒魂』的祭祀王。」

「九流族……？」

比古神點頭說沒錯，看了風音一眼。風音沒有注意到祂的視線，緊握著六合冰冷的

將視線拉回到晴明身上的神，又淡淡接著說：

「與天津神之戰落敗後，九流族被放逐到這片土地上。蛇神是帶給九流一族利益的神，但是，對其他人而言，是會帶來禍害的可怕怪物。」

斷然說出「怪物」二字的比古神，眼睛明顯流露出厭惡的神色。

言下之意，就是不希望八岐大蛇也被稱為神。

「神都需要祭品，祭祀者供奉祭品給我們，我們保護他們。而蛇神想要的是人類的性命。九流族認同它，因此得到莫大的力量。」

不能讓那些人長久掌握這片土地的霸權。

「我們比古神跟天津神之間有約定，只要天津神把那可怕的蛇神趕入黃泉之國，我們就把這片土地交出來。天津神答應了，蛇神消失了，而我們也移居到深山裡，這一切都是照約定行事。」

晴明茫然地問：

「那麼，九流族讓大蛇復活是為了……？」

比古神似乎不太想回答，抬頭看著烏雲說：

「為了復仇吧！對天津神、對我們比古神，進而對稱霸這片土地的人復仇。」

運用大妖八岐大蛇的力量取得的霸權，沾滿了血腥。即使天津神不出手，總有一天也會出現破綻，然而，九流族卻一味執著於霸權，蛇神也總是忘不了仇恨。

「再度降臨的蛇神還不完整，要恢復它以前的樣子，光靠道反大神的血還不夠，需要更多。」

比古神瞥風音一眼，瞇起了眼睛。

「如果這女孩的軀體是完整的，就可以獻出她的血，再讓蛇神吃下她的靈魂，這樣說不定就可以把蛇神留在這世上。」

純潔無瑕的活祭品，必須兼具靈魂和軀體。

「血中的生氣應該化成了軀體，再獻上靈魂純潔的人，蛇神的八頭、八尾就會變成實體，出雲就完了。」

比古神瞪著眼前的紅色簸川，低聲咒罵著：

「殲滅蛇神後，我們從來沒有迫害過九流族。而九流族的祭祀王啊！你卻把這片土地上的生物都當成了敵人……！」

怒火中燒的比古神，雙眼閃過嚴厲的光芒。

「用雨來散播詛咒的手法太卑劣了。」

晴明滿臉緊張地看著天空。

「祢是說雨中的妖氣，會殘害地上的所有生物？」

「是的。」

比古神煩惱地豎起眉毛，斜瞪著烏煙瘴氣的烏髮峰。

「大蛇的實體遲早會出現，覆蓋那座山。雖然被瘴氣遮蔽而看不見，但濃濃的妖氣還是飄到了這裡。」

所有住在這個國度裡的比古神們，都感受到這股威脅了。

「在神治時代殲滅蛇神的天津神，生命已經結束，用來殲滅蛇神的劍也不在這世上了，現在沒有人可以使用天津神的力量。」

如果道反大神的女兒風音身體健全的話，或許還有希望。然而，她失血過多，靈魂也才剛回來，體力還很虛弱，恐怕對抗不了蛇神與祭祀蛇神的九流族術士。

「祭祀我們的山之比古們，血的傳承也愈來愈被稀釋，力量逐漸減弱。很遺憾，完全比不上九流族全力保存力量的執著。」

在力量足以喚醒八岐大蛇的人誕生之前；在那孩子被取名為「珂神比古」，可以擔負起祭祀王的使命之前，九流族沒有跟任何人往來，細水長流地延續著命脈。

然而，活在山中的人們，都可以從大地的氣息得知各族的狀況。

十多年前，九流族突然幾乎滅絕了。

「沒想到現在還有九流族的血脈存活……當代祭祀王應該是直系後裔，所以出生時就擁有足以喚醒蛇神的力量。」

於是，九流族後裔攻擊了道反聖域，奪走蛇神的鱗片。命中注定的孩子，讓蛇神再度降臨了。

不能回頭了，所以九流族採取了行動。

「祢是說操縱神的力量，就可以遏止大蛇和九流族的野心？」

比古神轉頭看著冷靜發問的晴明，瞇起眼睛說：

「難道除了出雲的比古外，還有這樣的人？」

「或許沒有比古那麼行，但是可以靠法術借用神的力量。」晴明對大感驚訝的比古神說：「我們陰陽師應該可以召喚神的力量，與蛇神、九流族對決。」

比古神注視著晴明。

陰陽師是什麼？潛居在出雲山中的比古神，不知道那是什麼。

然而，那個名稱的言靈，的確具有力量。

或許是在時間的洪流中，誕生了比古神們不知道的力量。
比古神望著煙霧瀰漫的鳥髮峰，想著種種事情。
蛇神是很久以前被消滅的邪惡存在，不該再降臨在這世上。
「你要討伐蛇神？」
比古神們已經沒有那種力量。
除非陰陽師回答「是」，否則就無計可施了。
面對沉重的詢問，晴明點頭說：
「一定會。」
如果需要神的力量，要召喚任何神都可以。
「……但是……」
瞠目結舌的比古神，似乎是在思考該怎麼說。
以人類模樣現身的比古神，原本是看不見的存在，只是以人類想像神是什麼樣子，在腦中描繪出來的模樣出現。
坐鎮在道反聖域深處的大磐石道反大神，以人類模樣現身，也是同樣的道理。
這個國家有數不清的神，據說有八百萬之多。
從泥土、石頭到一根根的草，都有人當成神來祭拜。

「以人類的力量喚來神的力量，即使可以殲滅九流族，恐怕也很難把蛇神趕入黃泉之國。」

「不只陰陽師，」晴明忽然轉移視線，瞇起眼睛說：「還有居眾神之末的十二神將……他們的力量應該可以徹底殲滅蛇神。」

比古神隨著晴明的視線望過去，看到靠在樹幹上的六合，還有顫抖著身體、低著頭、閉上了眼睛的風音。她握起六合的左手，放在自己的額頭上。

動也不動的六合，眼皮微微抖動了一下。

在晴明和比古神的默默注視下，六合緩緩張開了眼睛。

飄浮不定的視線，看到緊握住自己的手放在額頭上的纖細肩膀。

「……」

吸滿雨水而變得又濕又重的烏黑頭髮，看起來很耀眼，六合慢慢舉起右手，摸到她還沒有恢復血色的蒼白臉龐。

驚愕地抖動肩膀的風音，忘了呼吸般張開眼睛，抬起頭。

看到朝霞般的眼眸。

「唔……！」

連眨都不能眨的眼睛淚如泉湧，大大搖曳著。

淚水沿著臉頰啪噠啪噠滴下來。

面對表情扭曲、說不出話來的風音，六合微微一笑，撫摸著她淚如雨下的臉，用手指抹去她的淚水。

風音用力吸口氣，緊緊摟住了六合。雙臂還使不上力的六合抱住她，終於安心地吐了口氣。

他在心中發誓，再也不放開她了。

「十二神將啊……」

比古神沉吟著，晴明點點頭說：

「他們是居眾神之末的存在……既是神，也是人類想像的具體呈現。」

只要人類由衷希望保護這片土地上的所有生物，他們就會有所回應。

8

有聲音。

就在附近，是從來沒聽過的聲音。

嘀嘀咕咕說著什麼的，應該是少年的聲音。

「……」

茫然張開的眼睛，漫無目的地飄移了好一會。

好暗。天花板是裸露的木頭，好幾根橫樑排在一起。

冰冷的觸感透過衣服傳到皮膚，讓人覺得哪裡不對勁。

意識逐漸清晰起來。

連眨了好幾下眼睛的彰子，這才想到從來沒見過眼前的天花板。

「……咦……？」

低吟的聲音嘶啞。躺著轉動頸部的彰子四下張望，確定這裡是從來沒見過的地方。

她慌忙爬起來，發現身上穿的衣服跟平常完全不一樣。

「這是什麼……？」

伸手觸摸的奇怪衣服，很像在古代圖畫故事裡看到的，外型跟平常穿慣的外衣、單衣完全不一樣。上衣在胸前合攏，靠繩子綁起來固定住，腰間繫著細細的帶子。從腰間纏繞的裙子，跟上衣一樣是白色的布衣，只有帶子是鮮豔的紅色。頭髮在腰際用繩子綁了起來。

「怎麼會這樣……唔，不見了！」

在上衣和裙子上到處摸的彰子，發現露出袖口的左手腕上沒有瑪瑙首飾，急得臉色發白。

「掉在哪裡了……」

她握著手腕，四處尋找。

這是哪裡？自己怎麼會穿成這樣？一堆莫名其妙的事，快把她逼瘋了。

頭腦一片混亂，快哭出來時，察覺後面有東西在動。

赫然轉身的彰子屏住氣息，張大了眼睛。

「啊……！」

應該是刻意隱藏氣息，蹲坐在那裡。

兩隻大狼不太高興地瞪著彰子。

彰子嚇得叫不出聲來，拚命往後退。灰白色的狼緩緩站起來，走向她。

「……唔！」

背部撞到堅硬的東西，她回頭看，是木牆，自己被逼到房間角落了。

灰白狼把鼻子湊近無路可逃的彰子，疑惑地皺起了眉頭。

看到整排的野獸利牙，彰子無聲地閉上了眼睛。

心臟快速跳動。被那排利牙咬到就完了。

她好害怕、好害怕，眼淚都流出來了。

昌浩、昌浩，這是哪裡？我怎麼會在這裡呢？

「昌……浩……！」

下意識喊出來的名字，因為啜泣而顫抖著。

灰白狼皺著眉、偏著頭，用懷疑的眼神盯著彰子。

「茂由良，不要把她嚇壞了，萬一不能用了怎麼辦？」

聽到多由良苛責的語氣，茂由良不悅地半瞇起眼睛說：

「我只是看而已，她是珂神和真鐵特地準備的祭品，我才不會傷害她呢！」

惹火了荒魂很可怕呢！茂由良又補上這句話，甩甩尾巴。

灰黑狼無奈地嘆口氣，動作敏捷地站起來。

「這裡交給你了。」

「咦？多由良，你要去哪裡？」

多由良轉身說：

「去向母親報告。對了，茂由良……」

「嗯？」

茂由良偏起頭，多由良嚴厲地交代它說：

「你忘了母親說過，從現在起，不管在何時、何處，都要稱呼『大王』嗎？最好在你出錯前，養成這種習慣。」

灰黑狼推門出去，茂由良不悅地對著它的尾巴吐舌頭，目送它離去。

「大家都好囉唆，珂神就是珂神，有什麼關係嘛……」

嘴巴唸唸有詞的茂由良，察覺背部緊靠著牆壁的彰子正驚愕地看著自己，轉過身說：

「幹嘛？」

注視著灰白狼的眼睛，充滿了不同於恐懼的驚訝。

「你會說話……」

茂由良眨眨眼睛，冷哼一聲，斜站著說：

「當然啦！我們是跟隨出雲九流族祭祀王的『妖狼族』後裔。」

妖狼驕傲地挺起了胸膛，彰子驚訝地詢問它：

「出雲？慢著，這裡是出雲嗎？」

「是啊！出雲的九流族府邸。妳是荒魂的祭品，所以被帶來這裡。」

灰白狼甩甩尾巴，一屁股坐下來。

「啊，妳想逃也沒用哦！有我看著妳，還有剛才那個多由良、我母親和真鐵，妳絕對會被抓到。不想討打，就乖乖待著。」

被逼到絕境的彰子只能猛點頭。

「很好，只要妳乖乖待著，在成為祭品前都不會受到折磨。」

「什麼祭品……」

茂由良抓抓臉色發白的彰子的裙襬，動了動耳朵。

「為了妳好，最好不要問……我也不太想說。」

妖狼露出煩悶的表情，那樣子比較像是自己不太想說，而不是怕嚇到彰子，讓彰子感到不解。

這隻狼很大，但並不像是會隨便咬人的野獸。不但能跟她溝通、回答她的問題，表情也跟人類一樣豐富。

「只要妳不逃，就可以在這棟府邸裡面自由行動。啊！不過我母親的心情不太好，

所以妳最好還是待在這裡。」
妖狼嗯嗯地沉吟著，陷入思考中。彰子邊注意著它，邊環視屋內。
果然沒掉在任何地方。
平常都戴在手上，現在不見了，很沒有安全感。
彰子右手握著左手腕，看起來倉皇不安，茂由良好奇地眨眨眼說：
「怎麼了？」
彰子轉向妖狼，不由得張開了嘴，但猶豫了一下。
看到彰子吞吞吐吐的樣子，茂由良不高興地用力壓住了她的裙子。
眼珠朝上逼向她的茂由良，半瞇著眼睛說：
「有話就快說。剛才我不是說過，不會讓妳受到折磨嗎？如果妳不信，我就收回那些話。」
它並不是說真的，但充分達到了威脅的效果。彰子倒抽一口氣，閉上眼睛，戰戰兢兢地說：
「呃，那個……我戴在手上的瑪瑙首飾不見了……你知道在哪裡嗎？」
因為彰子乖乖回話而往後退的茂由良甩了甩尾巴。
「那東西啊……不能說、不能說。」

茂由良用前腳壓住嘴巴，自言自語起來，說了不該說的話可是會挨罵的。

「因為妳是祭品，所以不能戴沒必要的東西。」

看來狼是不可能說出東西的下落了，彰子失望地垂下眼睛。

為了讓自己冷靜下來，彰子做了深呼吸。總之，自己目前應該不會怎麼樣。

她按著心跳急速的胸口，儘可能地努力恢復平常心，拚命壓抑隨時可能湧上來的激動情緒。

「我為什麼在這裡？」

自己應該躺在安倍家的床上，難道是沉睡中被帶來的？可是，安倍家有結界，即使突破了結界，也還有跟隨晴明的神將在。

自己沒有被吵醒，可見沒有引發什麼騷動。對方把自己從安倍家帶來這裡的手法，應該是巧妙到連神將們都沒有發現。

身上所有東西都被剝除，不留任何痕跡。

「因為妳是祭品，所以真鐵和珂神把妳叫來這裡……我老叫他珂神，妳可不能說出去哦！不然我會挨罵。」

「嗯，知道了。」

彰子乖乖點了頭，讓茂由良心情大好，覺得再嚇她有點可憐，就往後退，跟她保持了距離。

看到茂由良一跛一跛地拖著右腳走路，彰子擔心地問：

「你的腳怎麼了？」

茂由良轉頭看著疼痛的腳說：

「這是勳章，因為我替珂神擋開了荒魂的力量……雖然有點痛。」

低聲說出最後那句話時，茂由良垂下了耳朵。不管怎麼舔都無法減緩疼痛，荒魂的力量太強了。如果直接打在身上，恐怕就不只是痛了。珂神說得沒錯，腳沒斷就算萬幸了。

「荒魂……？」

彰子喃喃重複著，感覺到一股寒氣，全身掠過毛骨悚然的戰慄。剛才茂由良是不是說過，自己將成為荒魂的祭品？

四肢沒來由地顫抖起來，從手腳末梢逐漸變得冰冷。

彰子甩甩頭，試圖揮去這樣的感覺。

「痛的話，最好治療一下吧？放著不管，說不定會腫到不能走路。」

茂由良眨眨眼睛看著彰子。

「……妳是好人呢！」

看起來有點開心的狼抖抖耳朵，辛苦地坐下來，開始舔那隻疼痛的腳。

「本來更痛，珂神已經幫我治療到這樣了，放心吧！」

「珂神？」

彰子確認似的低聲複誦，悄悄環視屋內。

房間空盪盪的，很狹窄，連窗戶都沒有。外面大概下著傾盆大雨，雨聲響亮得像敲打著什麼。

「對了，妳叫什麼名字？我叫茂由良。」

斷定彰子是好人就爽朗起來的狼開口問，彰子猶豫一下說：

「彰子……」

「彰子啊！嗯，女生都是像這樣的名字吧？」

彰子好奇地問：

「你不是有母親嗎？」

「有是有，可是我只見過我母親，真鐵和珂神的母親都死了，所以這是我第一次見到女生。」

從茂由良沒有任何說明的談話，可以聽出「真鐵」和「珂神」應該是人名。剛才出去的灰黑狼，好像也提過「珂神」這個名字。

「茂由良……這裡是出雲嗎？」

「是啊！出雲靠近烏髮峰的九流族府邸。」

忽然響起撞擊般的轟隆聲。

彰子縮起身子，閉上眼睛。茂由良也顫抖著肩膀，緊緊閉起眼睛。

「打雷了……」

臉色發白的彰子嘟囔著，茂由良也甩甩尾巴，怯懦地說：

「我還是會害怕。」

彰子覺得茂由良真的很害怕，就慢慢靠近它，戰戰兢兢地伸出手，撫摸它的脖子，摸起來很暖和。

茂由良驚訝地看了彰子一眼，就乖乖讓她摸了，大概是判斷人類的女生做不了什麼事吧！事實上的確是這樣。

又響起雷聲，茂由良和彰子同時縮起了身子。

心跳加速的彰子，終於知道茂由良說的「害怕」是什麼意思了。

這不是一般打雷。

灰白狼蜷著身子，滿臉憂鬱。

「好可怕……這樣真的好嗎？」

「怎麼回事？」

茂由良斜看著彰子，考慮了一下說：

「我不會告訴妳……因為我母親和真鐵應該不會錯，而且，告訴妳也沒什麼幫助。」

但是，茂由良在心中暗自嘀咕著：我知道荒魂需要祭品，可是這傢伙看起來是個好人，有點可憐。

轟隆聲響徹屋內，雨也相呼應似的愈下愈大。

「被打到怎麼辦……？」

茂由良搖搖前腳，對害怕的彰子說：

「妳放心，不會被打到，因為荒魂是九流族的守護神，所以不會打在這個地方，絕對不會……應該不會。」

想起荒魂的雷擊也曾打在自己和珂神身上，茂由良又沒自信地補上最後一句。

是不是把這個女孩獻出去，就不會再發生這種事了？

想到漸漸呈現全貌的八岐大蛇荒魂，茂由良困惑地嘟囔著。

九流族族長是可以自由操縱荒魂力量的祭祀王，所以茂由良一直認為，荒魂也是臣服於大王的。可是，真的是這樣嗎？荒魂的八個頭，好像各有各的意志。

九流族是荒魂的第九個頭，但會不會只是擁有操縱的力量，並不能讓荒魂臣服呢？

道反公主的血讓八岐大蛇荒魂再度降臨，但還不完整。

獻出彰子，就可以把大蛇留在這世上。

如果只能把它留下來，而不能讓它臣服，那麼……

茂由良嗯嗯地沉吟著，喚醒了記憶。

從小，珂神學習處理九流族的事或荒魂祭祀時，茂由良總是跟在一旁，無意間聽到不少關於這方面的事。

聽說，祭祀王「珂神比古」背負著無人能取代的任務，所以代代都要繼承這個名字。前一代珂神比古去世後，下一代族長就成為珂神比古，這個名字就這樣代代傳承了下來。

可是，珂神比古的任務除了掌管九流族、祭祀荒魂外，就沒有其他事了嗎？

忽然，那天迷路的冬日情景浮現腦海。

——……古……

在耳朵深處響起的是真鐵呼喚珂神的聲音。

——……比……古……

它想起應聲後衝出去的珂神那小小的背影。儘管是不熟悉的叫喚，那個背影還是毫不猶豫地衝向了真鐵。茂由良怕自己被丟下，也趕緊往前跑濺起雪花，兩人同時撲向了真鐵。

真鐵把他們狠狠罵了一頓後，就緊緊地抱住正襟危坐的珂神和縮成一團的茂由良，把胸口的氣全吐光似的長嘆口氣，用顫抖的聲音說：

「我就說嘛……要時時刻刻盯著你們才行！」

被罵得全身僵硬的珂神和茂由良像斷了線般嗚咽起來，然後放聲大哭。

想到這裡，茂由良眨眨眼睛，忽然垂下了頭。

那時候的真鐵雖然嚴厲，但還是很親切。

現在的真鐵也很親切，只是他嚴格遵守對大王的禮節，跟珂神之間始終保持了一段距離。茂由良知道，珂神因此覺得很寂寞。

真赭和多由良都認為應該這麼做，所以茂由良也不好多說什麼。但是有很多時候，茂由良會想，全族只剩下他們兩個人，那麼做會不會太寂寞了？

從懂事以來，珂神就被耳提面命關於九流族的誓願，要他完成這個任務。

然而，茂由良知道，他心底深處有著完全不同的想法。其實不只茂由良，真鐵、真赭和多由良應該也都知道。

大家都知道，珂神太善良，所以不會想復仇。

也因為太善良，他既不想讓真鐵背負起這樣的責任，也不想讓多由良或茂由良去做，只想自己一個人擔起所有責任。

任憑茂由良把話說盡，勸他不必一個人扛起所有事，肩負大王重任的他還是無法接受茂由良的說法。

明知如此，茂由良還是不停地重複。要是不轉換成語言、不說出來，就絕對無法傳達自己的意思。

荒魂很可怕，但是，如果可以讓珂神不必一個人扛起這件事，茂由良願意忍受。因為它很珍惜珂神，寧可自己害怕，也要減輕珂神的負擔。

完成誓願後，珂神就可以卸下任務。只要得到出雲霸權，取回這片土地，再把荒魂送回黃泉之國就行了。

把荒魂送回黃泉之國，也是大王的任務。結束後，他就不再是祭祀王了。

當他恢復平常的珂神比古後，直接叫喚他的名字，應該就不會被真赭罵了。真鐵也會像以前一樣，坦然與大家相處，從此過著祥和的生活。

就是為了這麼一天，珂神才決定攻擊道反聖域。

茂由良閉上眼睛。

當大家都還很小，真鐵也比現在的珂神還小時，它們曾許下承諾。

絕不讓只剩兩人的九流族血脈感到孤獨。

——我們也會永遠陪著你們。

灰黑小狼與灰白小狼並排，抬頭看著真鐵。

——就這麼說定了哦！我們要永遠在一起，這樣就不會寂寞了。

真鐵眨眨眼睛，苦笑著抓抓多由良和茂由良的頭。珂神也一樣，撫摸著兩隻狼的頭。紅毛狼眼神柔和地看著這一幕。

為了回到那樣的日子，茂由良決定好好努力。

啪噠啪噠甩著尾巴的茂由良，耳朵動了一下。

一直盯著白色尾巴的彰子聽到聲響，驚訝地抬起頭時，灰黑狼打開門衝了進來。

「茂由良，大王不見了！」

「咦?!」

灰白狼慌忙站起來，正要衝出房門時，突然停下腳步，回頭對彰子說：

「絕對不可以離開這裡，因為外面有魑魅……還可能被雷擊中。」

後半部是只有彰子才聽得見的低喃，她默默點了點頭。

兩隻狼離開後，只剩下雨聲和雷鳴。

稍微觀察動靜後，彰子緩緩站起來，悄悄走出房間。

長長的走廊空無一人。

這棟屋子比想像中大很多。如果茂由良提到的人就住在這裡，那麼，除了那兩隻狼以外，應該還有珂神、真鐵和真赭三個人。

但是，剛才多由良說大王不見了，大王應該就是珂神，所以現在應該只剩下真鐵和真赭。

緩步前進的彰子，發現有光線從牆壁的縫隙透出來。

靠近一看，才知道那不是牆壁，是微微敞開的門。

在強烈的雨聲與不時的雷鳴中，夾雜著微弱的談話聲。

她悄悄把手靠在牆上，側耳傾聽。在裡面的，應該是真鐵和真赭吧？

「那小子到底在想什麼？」

壓抑著憤怒的低語聲嚴厲又帶刺。

紅毛狼仰頭看著雙臂交叉、一臉鬱悶的真鐵，進言說：

「大概是覺得愧對你吧！他深深感到自己能力不足，多少想挽回一點面子，就跑去討伐敵人了，完全沒想到自己打不過對方。」

真鐵冷冷地瞥了狼一眼。

「光憑大王的力量，不可能贏過與道反有關的那群人。連這種事都想不清楚，只會反過來被擊敗吧！」

這些話聽起來有點冷酷，真赭偏頭說：

「你還說得真刻薄呢！」

「是妳逼我這麼說的，真赭。」疾言厲色的真鐵怒氣沖沖地說：「我們大王是什麼性情的人，把他帶大的妳最清楚了。妳動不動就在言語中苛責他，換了是別人也會被妳逼到絕境。」

身為九流族之長祭祀王，他總是嚴以律己，鍛鍊能力，拚命彌補不足的地方。這樣還是技不如人，令他覺得焦躁，不時感到沮喪。

就是真赭嚴厲交代大家，不可以對這樣的珂神太仁慈。

真赭毫不在乎地閃開真鐵激動的眼神，甩甩尾巴說：

「當然啦！繼承『珂神比古』這個名字的人，必須強過任何人，還要有顆勇往直前的心。因為我們崇拜的荒魂希望他這樣。」

在牆外屏氣凝神的彰子，覺得無法壓抑的顫抖漸漸從腳底往上蔓延。狼的聲音、話中的意思，都讓她莫名地感到害怕。

真鐵和真赭都沒有發現彰子在外面偷聽，繼續著嚴肅的對談。

「即使因此壓垮了珂神柔弱的心，也無所謂嗎？」
「如果這是荒魂的期待，我們只能這麼做。」
「妳……！」
殘酷的說法讓真鐵差點破口大罵，但他及時克制住了。
他只是握緊拳頭，瞪著真赭。
「妳變了，真赭。以前的妳，更溫柔也更慈悲。」
「如果那樣可以完成九流族的誓願，我也不會說出這麼殘忍的話。然而，溫柔與荒魂是水火不容的東西呀！真鐵，要讓荒魂完全復活，就要捨棄溫柔和體恤。」
真鐵搖搖頭說：
「與生俱來的性情，現在不可能改變。」
「那麼就應該思考，怎麼做才能捨棄那樣的性情吧。」
真赭重重嘆口氣，看著真鐵的眼神平靜得出奇。
「本來應該是由你繼承『珂神比古』這個名字。」
真鐵皺起眉頭。
「都多少年前的事了，妳還提……」
「若是你繼承珂神比古之名，就會被那個名字的殘酷薰染，成為雖然殘酷，但單純而堅定不移的珂神比古之心吧！」

狼說得像唱歌一樣，真鐵疑惑地看著它說：

「什麼意思？」

「大王的心太過軟弱，很難讓荒魂復活。」

講話肆無忌憚的真赭，眼神炯炯發亮，是那種近似瘋狂的光芒。

聲音裡的可怕回響，纏住了屏氣凝神的彰子雙腳，令她心跳加速。明明聽不懂話中的意思，言靈卻還是轉化成束縛內心的恐懼。

彰子握住沒有安全感的左手腕，全身顫抖個不停。明知不能再聽下去，腳卻不聽使喚，動彈不得。

斷斷續續的雷鳴，間隔逐漸縮短，可見雷雲愈來愈接近了。茂由良說絕對不會打進來，可是光聽雷鳴就很可怕了。

雷打在很近的地方，可以感覺到地面的震盪。劃破天際的啪哩啪哩聲貫入耳中，彰子拚命壓抑著，不讓自己叫出聲來。

心臟喧鬧地鳴叫起來，撲通撲通跳得十分劇烈，明知不會被聽見，她卻還是害怕會被牆內的真鐵和真赭發現。

「荒魂是在表現出它的憤怒，」真赭在轟隆巨響的雷鳴中思索著，平靜地斷言說：

「大王的心有了猶豫，所以惹惱了荒魂。」

眨著眼睛的真赭指示真鐵打開窗戶。真鐵依指示打開窗戶，立刻灌進一股強風豪雨，把燈火吹熄了。

太陽什麼時候下山了呢？一片漆黑的天際，不時劃過扭曲的光芒。室內被光芒照亮，響起灌進來的雨敲擊地面的聲音。

「真鐵，你還沒忘記珂神比古的名字。」

聽到真赭帶著苛責的話，真鐵的眼皮在黑暗中微微顫動了一下。

「什麼意思？」

真鐵平靜地反問，真赭用缺乏抑揚頓挫的聲音說：

「所以，那小子沒有完全被薰染……是有瑕疵的大王。」

在黑暗中，真鐵張大了眼睛。真赭炯炯發亮的眼眸直直看著真鐵。

「你還沒有忘記大王已經捨棄的真正名字。你應該忘記的，卻還是叫他那個名字。因此，『珂神比古』名字裡的禁錮力量，沒有辦法完全發揮。」

稍作停頓的真赭，語氣突然轉為嚴厲。

「荒魂會發怒，都該怪你，真鐵！」

真赭的怒吼像落雷般強烈，響遍屋內，瞬間震撼了真鐵。

彰子也被震得頭暈目眩，差點跪下來。

轟隆隆的聲響貫穿屋內，幸運地掩蓋了彰子的腳步聲。真鐵他們都沒有發現彰子。

從窗戶灌進來的雨和風，都為彰子做掩護。

彰子慢慢往後退。

她不能待在這裡。雖然茂由良說不可以出去，但她的心不停地慘叫著。

好害怕、好害怕啊！茂由良自己不也說過很害怕嗎？

茂由良的害怕，跟彰子感覺到的害怕也許不一樣，但是，那隻狼可怕的聲音，真的攪亂了彰子的心。

躡手躡腳移動的彰子，聽到斷斷續續的聲音。

「珂神……其實……是……」

風徐徐吹來。彰子循著風的來源找到出口，就那樣跌跌撞撞地衝進了狂風暴雨中。

雷聲大作，發出轟隆巨響。

聽完真赭的話，真鐵的眼神凍結了。

任憑吹進來的雨打在臉上，淋濕了衣服，他還是一動也不動。

連眨都忘了眨的眼眸，不帶情感地閃爍著暗淡的光芒。

「原來是這樣……」

真鐵喃喃說著，看著自己的手。

他還記得劍插入胸膛的感覺。儘管那不是自己的身體，手上卻還清楚殘留著劍刃的冰冷和噴湧而出的血的熱度。

「……珂神比古……」

真鐵的嘴唇發出乾澀的聲音，叫著那個名字。

真赭的雙眸盯著年輕人，眼神彷彿要將他射穿。

紅毛狼望向敞開的窗外。

螢火蟲在黑暗中舞動著。一閃而過的雷電，瞬間照出了巨大的蛇體。

黑色煙霧般的東西覆蓋著蛇體，好像有什麼東西從蛇體剝落，翩然飄落而下。

真赭看到那模樣，不由得瞇起了眼睛。

「完成誓願，是你們身為後裔的使命。」

真鐵的肩膀微微顫動了一下。

在紅毛狼的催促下，同樣將視線轉向窗外的真鐵，看到閃電照耀下的蛇神的模樣。

「荒魂期待著祭品。」

臉上毫無表情的真鐵從喉嚨迸出來的言靈，帶著與之前完全不同的回響。

9

終於醒來的六合還無法行動。

也不好再藉助比古神的力量了。基本上，山之比古與人類、天津神都沒有往來。

晴明由衷感激已離開的比古神，正思考著該如何把力量已經耗盡的六合帶回聖域。

隨著時間流逝，靈魂逐漸適應身體，風音的行動愈來愈靈活了。但是，在纖弱女性的協助下，恐怕也很難把比自己高大的神將送回去。

「只能把守護妖們叫來，或是想辦法聯絡上白虎或太陰……」

晴明遙望著道反聖域，煩惱地嘀咕著。

道反女巫給的出雲石的確可以補充力量，但並不能完全解除對本體造成的負擔，要是再不回去，會消耗過度。

但是，從這裡到聖域距離遙遠，要回去還是得搜尋神將們的所在位置。

整理好思緒後，晴明轉向六合，被眼前的景象嚇得倒抽一口氣。

「六合，不要亂來……！」

靠自己站了起來的六合，看看說不出話來的晴明，把手扶在樹幹上，肩膀上上下下喘著氣，蒼白的臉直冒冷汗。

「我沒事……」

從過度使力的喉嚨發出來的聲音竟然跟平常沒什麼兩樣，教人難以相信他是硬撐著站起來的。

「抓著我，彩輝。」

風音把六合的右手繞到自己肩上，抬頭看他有沒有好一點。

六合對她搖搖頭說：

「我走得動，不用擔心。」

「可是……」

「六合，不要逞強。你的神氣被大蛇的毒血連根拔除了，不可能在這麼短暫的時間內復元。」

晴明繞到左邊，跟風音一起支撐著他。

六合才踏出一步，膝蓋就往下沉。晴明和風音勉強撐住了差點跪下去的他，但是，這樣恐怕很難前進。

「晴明大人，我回聖域求救吧！」

「可是……」

風音打斷晴明的話，抬頭看著天空說：

「這場雨正逐漸削弱大家的力量……不能再增加晴明大人的負擔了，我還撐得住。」

然而，六合不肯放開準備離去的風音。

「等等……」

六合用真摯的眼神看著倒抽一口氣的風音。

「大蛇的妖氣增強了，可能躲在某處。」

風音和晴明赫然環視周遭。

難道是雨中挾帶的妖氣讓感覺變得遲鈍了？如果蛇體藏在彌漫的妖氣中，現在的兩人也很難察覺得到。

身心嚴重消耗，使感應能力變遲鈍了。六合會發現，只因為他是居眾神之末的神將。

妖氣步步逼近，衝著他的直覺而來。

想起銀槍被丟在那個懸崖上，六合無奈地咬住了下唇。沒有武器，很難對付那隻大妖。

風中挾帶的妖氣，濃度逐漸增強。同時，流過身旁的簸川河面也波濤洶湧。

全身寒毛直豎。從水中竄出來的蛇頭發現人類，大聲咆哮起來。

炯炯發亮的紅眼盯著獵物，尖銳的利牙反射著電光。

大蛇的頭召來的閃電擊向人類。

「散！」

晴明喊出的言靈，勉強彈回了雷擊。

迸散的雷擊光芒射向四方，擊倒了繁茂的樹木。

「啊……！」

風音懊惱地低嘆時，眼角忽然掃到亮光。下意識移動的視線，看到的是那把刺穿她胸膛的鋼劍。

那利刃也曾毫不費力地刺進守護妖如岩石般的身體裡。

風音的眼睛亮了起來。

「晴明大人，您看著彩輝。」

「什麼……」

晴明還來不及回應，風音瘦弱的身軀已經鑽出六合的手臂跑走了。一個翻滾拾起劍後，她右手拿著劍跳向了大蛇。

「風音！」

六合的叫聲被雷鳴掩蓋了。

衝上蠕動的蛇體後，風音將手中閃耀的劍，刺進兇光暴露的一隻眼睛裡。

響起瘋狂的咆哮，風音的身體被劇烈掙扎的大蛇甩開，拋向空中。

「唔……！」

在半空中扭轉身體的她掉落在河岸上，連滾了好幾圈。她喘著氣，靠劍支撐著站起來，背部受到了撞擊，痛得她表情扭曲。

她看一眼手上的劍，感到全身戰慄。

多麼銳利的劍啊！這把鋼劍有神的力量。

有波動從劍柄傳來，經她小心觀察，確定潛在的力量並不是她擔心的妖氣，才安下心來。

不曉得是何方神明的力量，這把劍應該稱為神劍。很少有武器可以同時對付異形，攻擊道反的真鐵，就是用這把神劍來對付守護聖域的守護妖。

如果知道自己也被當成人類所仇恨的妖怪，那些心地善良的守護妖們，一定會很憤慨吧！

揮舞敵人掉落的武器是件諷刺的事，不快的感覺在心中蔓延。

奮力掙扎的大蛇瞪著刺傷自己的人類女人，剩下的一隻眼睛閃過兇光。

釋放出來的恐嚇意念纏住了風音。蛇頭對著屏氣凝神的她，張開了血盆大口。

單手撐住六合的晴明，用空出來的另一隻手結起手印。

「嗡阿比拉……」

另一個唸誦同樣咒文的言靈，與這個聲音重疊了。

「嗡阿比拉嗚坎夏拉庫坦！」

從樹林裡衝出來的昌浩邊跑向風音，邊對進逼的蛇頭揮下刀印。

「臨兵鬥者，皆陣列在前！」

飛射出下弦月般的風刃。

從旁掠過的靈力掀起風音身上的靈布，橫掃過大蛇的嘴巴。

蛇頭大張的嘴巴往更深處裂開，體液四濺，大蛇的身體痛苦掙扎。

「看招！」

這時，隨同怒吼被召來的白火焰龍，熊熊燃燒著襲向了蛇頭。

被白色火焰包圍住的大蛇跳進了河裡，躲避火焰的攻擊。

風音放射出來的靈爆落在水面上。

爆裂濺起了紅色水花。

「——禁！」

滴落下來的毒血，被晴明築起的壁壘反彈了出去。
洶湧澎湃的水面隆起一股波浪，衝向了鳥髮峰。
原本沒注意到的雨聲，突然變得特別大聲。
確定大蛇的妖氣完全離開後，昌浩呼地喘了一口氣。
「爺爺！」
他轉身跑向攙扶著六合的晴明。
晴明驚訝地看著突然冒出來的昌浩，沉下臉來，往昌浩的額頭彈了一下。
「好痛！」
額頭被冷不防地彈了一下，昌浩不由自主地往後仰，閉上了眼睛。許久不曾有過的疼痛貫穿頭頂，昌浩按著額頭蹲下來，不停地呻吟著。
「昌浩，」帶著怒氣的沉穩聲音從頭上落下來，「你不是應該在聖域休息嗎？怎麼會在這裡？」
蹲著的昌浩繃起臉，把嘴撇成ㄟ字形。
他心想，為什麼勾陣、紅蓮和祖父見到他的第一句話，都是這句呢？
沒有告知就離開聖域，是他不對，可是他都這麼有精神了，為什麼不可以來呢？他們都對他太過保護了。

當然，要是把這些話說出來，一定會同時被三個人嘮叨，所以昌浩沒有說出口。

「好痛……」

晴明冷冷地對呻吟的昌浩說：

「我就是要彈痛你，所以當然會痛。」

從聲音可以聽出他真的很生氣。昌浩感到很訝異，緩緩抬頭看著祖父。

儘管施行離魂術，以年輕模樣出現，看著昌浩的眼神還是跟本體一樣。

經歷歲月而變得更深邃的雙眸，抹上嚴厲的色彩。

「你為什麼在這裡？是勾陣准你來的嗎？」

晴明的眼睛瞥過讓風音靠在自己肩上的勾陣，昌浩慌忙搖頭，撇清這個令他意想不到且毫無根據的懷疑。

「不是的，是我自己……」

昌浩停頓下來，反彈似的往後看。

一個人影帶領了無數妖獸，像疾風般從樹林裡衝出來。

「比古！」

昌浩的叫聲穿越雨水之間的狹縫。

珂神停在視野開闊的河岸上，拔出腰間的劍，向妖獸們下令：

「攻擊！」

黑色妖獸們同時跳躍起來。

紅蓮擋在齜牙咧嘴撲過來的妖獸前方，迸出灼熱的鬥氣。

「我絕不會手下留情！」

金色雙眸燃燒著怒火，視線射穿了珂神。

毅然面對紅蓮目光的珂神完全不為所動，只微微皺起眉頭，表現他的不快。

「不能對人類下手的異形，能做什麼？」

珂神撂下狠話，狠狠看著昌浩。

昌浩察覺到他的視線，清楚看到在他懾人的強悍中，隱藏著少許其他的情感。

紅蓮邊以鬥氣嚇阻妖獸群，邊偏過頭看著昌浩。

「昌浩，你的想法還是沒變嗎？」

他說比古不是珂神。

「沒變。」

昌浩說得斬釘截鐵，看著紅蓮和更前方的珂神。

回看昌浩的珂神，眼眸中的確潛藏著無法說明的某種情感。

晴明站在緊握拳頭的昌浩背後，訝異地問：

「昌浩，你在煩惱什麼？」

昌浩張大眼睛，緩緩轉過身，原本氣沖沖的晴明，正以平靜的眼神看著他。

你在煩惱什麼？

祖父眼中的平靜光芒，彷彿在昌浩一片混亂的心中，開出了一條路。因為種種思緒交錯盤結而看不見的東西，忽然浮現出來。

昌浩轉身看著比古。

他有明顯的敵意，還有藏在那背後隱約可見的些許情感。

昌浩鬆開緊握的手，搜尋勾陣的身影。

攙扶著風音的勾陣看到昌浩那樣子，瞇起了眼睛。昌浩找到勾陣後，指著她腰間的筆架叉說：

「勾陣，那個借我。」

「什麼……？」

「拜託妳。」

被這麼拜託的勾陣疑惑地皺起眉頭，但還是聽他的話交出了武器。

細長的柄比想像中重。輕輕鬆鬆揮舞這把劍的勾陣和紅蓮，不愧是超越人類的神將。

行元服禮之前，他曾學過劍術。但是，他被判定沒有這方面的才能，就沒再繼續學了。當初真應該繼續學的，起碼要學到一般程度。

手握筆架叉的昌浩經過紅蓮身旁，走到珂神前面。

「昌浩?!」

紅蓮瞪大了眼睛，昌浩頭也不回地告訴他：

「絕對不要出手。」

「喂！」

「十二神將不能攻擊人類，所以不管發生什麼事，紅蓮和其他任何人都不准出手！」

這個意想不到的狀況震驚了每一個人。風音輕輕撇開勾陣的手，重新握緊了右手的劍。

這些小動作逃不過晴明的眼睛。就在她要滑行向前時，晴明抓住她的手臂，對轉過身來的她無聲地搖搖頭。

看到昌浩逐步逼近，珂神警戒地注視著他。

「你想幹什麼？」

「我要阻止你。」

昌浩出乎意料的回答讓珂神張大了眼睛，說不出話來。這樣看著昌浩好一會兒後，珂神的目光忽然有了明顯的波動。

但是，那瞬間流露的光芒很快就被隱藏起來，整張臉都變成敵人般的冷酷表情。

「你在開什麼玩笑……」

「我是認真的。」

昌浩堅決地說，同時雙手舉起不熟悉的武器，數著呼吸，伺機而動。

他沒有劍術的才能，有的只是促使自己行動的意志。

而握劍姿勢十分熟練的珂神，馬上看出昌浩全身都是破綻。

那種架式，一看就知道是外行人。真要殺過去，不費吹灰之力就可以殺了他。若不是他的眼神看起來很認真，會讓人以為他在開什麼玩笑。

珂神邊逼近他，邊低聲問：

「你在想什麼？」

昌浩聽著撲通撲通的急速心跳聲，坦然面對珂神的視線，回答說：

「我在想你在想什麼。」

「你說什麼？」

始料未及的珂神不由得反問，昌浩立刻抓住了這時候的破綻。

他跟疾風般奔馳的妖怪大戰過好幾回，不但與張牙舞爪撲上來的妖怪對峙過，也和揮舞錫杖的男人對決過。

他在劍術上雖是外行，對自己的反射神經卻很有自信。

昌浩以毫無章法的架式衝向珂神，珂神彈開了他的武器，大聲怒吼：

「不要耍白癡！要打就認真打，我來是要殺了你們所有人！」

昌浩也不甘示弱地反吼回去：

「騙人！你真要殺我的話，我早就死了！」

昌浩知道自己全身都是破綻。然而，珂神只是彈開他的武器，並沒有反擊。他的身體兩側、胸部和喉嚨都毫無防備，珂神隨時都可以對準他的要害。

「我只是看到你太不像樣，忘了攻擊而已。」

昌浩奮力接住了橫掃而來的斬擊。珂神看到昌浩手上奇形怪狀的武器，呆了幾秒鐘。第一次看到這麼細的劍，細長的劍鍔順著劍身彎曲。雙手握劍的昌浩每揮一劍就喘得更厲害，可見比看起來的感覺重。

昌浩的劍法亂到令珂神驚訝，那股氣魄卻逐漸削減著珂神的氣勢。

一次又一次交會的劍身發出清脆的聲響。只要抓住破綻，一劍刺進要害就結束了。明知這樣，珂神還是沒有辦法狠下心來這麼做。

坦然看著自己的眼神，動搖了珂神的意志。

為什麼可以流露出那樣的眼神？

珂神咬住了下唇。只要彈開細長的劍身，再沿著劍身滑行往前進攻，就可以刺中昌浩的喉嚨，為什麼自己做不到呢？

昌浩彈開珂神的劍大叫：

「如果你真的想讓八岐大蛇復活，滅了出雲，就全力打過來啊！」

珂神的眼睛凍結了，昌浩以渾身力量揮起筆架叉。

劍響起清脆的聲音，從動作遲鈍的珂神手中飛了出去。

「糟糕……」

當珂神的視線隨著翻滾的劍望過去時，眼角餘光掃到細長的劍身。他立刻降低身體重心閃開攻擊，雙手著地，橫掃向昌浩的腳。

「哇！」

珂神拋下驚慌失措而跌倒的昌浩，跑向掉在地上的劍，撿起來後立刻折回來。

正要站起來的昌浩直覺地將筆架叉往上揮。珂神砍下來的劍，打在他橫放的劍身上。

雙方都感到手臂一陣麻，兩人踉蹌地往後退，氣喘吁吁地呼吸著。

看著昌浩與珂神之間的交戰，勾陣緊張地嘀咕著：
「這麼多破綻，看得我都快急死了……」
若是勾陣，第一劍就分出勝負了。
劍法應該相當不錯的珂神，面對昌浩這個大外行，只能打到平分秋色，是因為他心中有迷惘，使他的劍法變遲鈍了。
以火焰殲滅黑色魑魅的紅蓮不高興地回應她說：
「兩邊都一樣。」
昌浩有太多不必要的動作，而且每個動作都很大，用力過度，反而沒辦法正確攻擊。若是紅蓮，只需消耗最少的力氣，就能給對方最大的傷害。
眼前這場幼稚拙劣的戰鬥，讓兩名鬥將看得心急如焚。晴明瞥了他們的背影一眼，繼續觀看小孫子拚死拚活的樣子。
晴明早已看透昌浩堅持的是什麼。
劍鋒相接的珂神，眼中有著跟劍術同樣的迷惘。昌浩憑直覺看出了他的迷惘，他本人卻毫無自覺。
所以，為了讓珂神覺醒，昌浩決定採取有勇無謀的直接對決。
晴明知道昌浩與紅蓮之間的約定。

他要成為不犧牲任何人、不傷害任何人的最偉大的陰陽師。

所謂的「任何人」，或許連敵人都包括在內。

然而，這個信念能貫徹到什麼程度呢？至今以來，命運都會在緊要關頭以溫情面對昌浩，但有時也會呈現殘酷的一面。

喘得肩膀上下抖動的昌浩，正要跨出步伐時，一腳踩進了泥濘裡。

身體往下沉的昌浩單邊膝蓋著地，濺起了泥沫。他用武器撐住地面，不讓自己倒下來，這時忽然聽到揮劍的呼嘯聲。

赫然抬起頭的昌浩，與咬牙切齒高舉著劍的珂神目光交接。

昌浩聲嘶力竭地大叫：

「比古，你不是珂神！」

珂神的動作瞬間靜止。昌浩把筆架叉由下往上揮，彈開了珂神手上的劍。

同時，筆架叉的劍柄也因為下雨，從握力減弱的昌浩手中滑落。

珂神把失去武器的昌浩撞飛了出去。

骨碌骨碌翻滾的昌浩，衣服全被泥濘弄髒了。他濺起飛沫跳起來，衝向珂神的腰間。

失去平衡的珂神和昌浩同時倒地，濺起飛沫。

「我是珂神！」

「你不是！」

「就算不是，那又怎樣?!」

感情熊熊燃燒的強悍眼神貫穿昌浩。昌浩扯開嗓子大叫：

「比古就是比古！」

「那是虛假的名字！」

「不，你是比古！珂神的言靈不屬於你，那是……！」

昌浩猛地張大了眼睛。

——在黑暗中飛來飛去的螢火蟲。

光芒在腦中爆開。

「珂神是……大蛇！」

珂神揪住昌浩衣服的力量突然緩和下來。

「我……我不懂你在說什麼，昌浩……」

昌浩抬頭看著茫然若失的珂神，困惑地皺起眉頭說：

「對不起，我自己也不太明白……」

全身泥濘的珂神難以置信地搖搖頭，放開昌浩，才遲緩地走了幾步就癱坐了下來。

淋著雨的背影顯得虛弱無力。

「我本來想讓他們瞧瞧，光靠我的力量……光靠我一個人也做得到……」

劃過泥濘的手緩緩握了起來。

同樣全身泥濘的昌浩呼吸急促地站起來。

「比古，我是不太明白，即使被紅蓮責罵，還是搞不懂為什麼，但是……」

但是，我知道一件事。

「比古不是珂神。」

然後，昌浩慢慢地接著說：

「……比古，其實你並不想讓大蛇復活，也不想攻擊道反聖域……對吧？」

比古沮喪的背影再也忍不住地顫抖起來。

有另一種情感，總是潛藏在珂神的敵意中。昌浩一直在想，那份時而可見的情感到底是什麼？

他知道那種表情。就是另外有真正的想法，無奈被賦予的使命卻不允許自己去面對那個真正的想法。

昌浩也體驗過很多次，所以一眼就看得出來。

背對著昌浩的珂神勉強擠出聲音說：

「什、什麼嘛！我真不該救你……」
那是他一直存在於心中，卻視若無睹的想法。
九流族的誓願是奪回出雲的霸權。現在全族都死光了，只剩下繼承祭祀王血脈的自己和真鐵。既然這樣，在徹底滅亡之前，無論如何都要完成，不是嗎？
要把以前被殲滅的八岐大蛇從黃泉之國喚醒，對天津神及搶走出雲的侵略者報仇。
然而，他早已知道，就算這麼做也於事無補。
換來的只會是已經往生的族人們遺留下來的心願，也就是暗藏在九流族名下的無形執迷。
在如敲擊般的強烈大雨中，昌浩抓住了珂神的手臂。
「比古，大蛇還沒有完全復活吧？要怎麼做才能把它送回黃泉之國？」
珂神無力地搖搖頭。
「它已經動起來了，我阻止不了。」
「比古，不要騙我，我看見你在操縱大蛇，大蛇會聽你的話吧？既然這樣……」
珂神回過頭，再次對滔滔不絕的昌浩說：
「我阻止不了……就算有方法，我也不知道。」
他說因為他沒有必要學會。

昌浩焦躁地皺起眉頭。

「那麼，有人知道嗎？你是大王，只要你說你不想那麼做，應該就可以不要喚醒大蛇。」

沒必要去做自己不想做的事吧？一味地逼迫自己非做不可，只會斷絕拒絕去做的選擇而已，不是嗎？

然而，珂神撇開昌浩的手大叫：

「你懂什麼……！我被一再教導，我是大王，必須喚醒荒魂，至今以來，我做的都是這些事……！」

昌浩揪住珂神的衣襟。

「那我問你，你曾說過你不想那麼做嗎？」

珂神目瞪口呆，昌浩又繼續對啞然無言的珂神說：

「既然沒說過不想做，就不要在這裡哭訴！」

看著怒火中燒的昌浩，珂神眨眨眼睛，有些茫然地說：

「你還真嚴厲呢……」

「少囉唆，對心裡想什麼都不說，只會在事後抱怨的人，只說這樣算客氣了。」

昌浩放開珂神，用力嘆了口氣。

珂神露出難以形容的表情搖搖頭，欲哭無淚似的笑了起來。

「你這個人真的很討厭，不過……」

到目前為止，從來沒有人撬開過珂神內心的想法，徹底揭發出來。

10

站在岸邊的紅毛狼把土堆成小山，在上面灑水。

「——魑魅。」

啵叩聲響起，接著隆起了黑影。

真赭注視著爬出來的東西，迷濛地眯起了眼睛。

淋著傾盆大雨的真鐵冷眼望著天空。

紅色螢火蟲在雲中飛舞著。

「……自由自在操縱荒魂的九流族珂神……」

真鐵喃喃唸著，閉上了眼睛。

再張開時，眼眸捨棄了某種東西，凝結了。

真鐵瞪著被雨淋得鬆軟的泥土，沉著地開口說：

「魑魅呀……」

啵叩聲響起，黑影蠢蠢欲動。

衝進傾盆大雨中的彰子，視野被狂瀉而下的雨遮蔽，跑也跑不了，只能腳步蹣跚地前進。

茂由良說這裡是出雲，那麼，道反聖域在哪裡呢？

她愈來愈害怕，淚水就快掉下來，但強忍住了。

一哭腿就會發軟，心就會屈服，再也動彈不得。

以前也發生過這種事。她被可怕的怪和尚帶到異世界，被幻妖追著跑，四處逃竄。

那時候，她有著堅定的信念。左手腕戴著的瑪瑙的冰冷激勵著她，讓她相信昌浩一定會來，拚命地跑著。而且，一如她的信念，昌浩真的趕來了。

然而，這次呢？

昌浩應該在出雲，可是不知道彰子在這裡。

「昌浩……」

彰子如祈禱般喃喃叫喚後，屏住了氣息。

被雨淋濕的衣服絆住了她的腳。吸收水分後變得沉甸甸的布料，讓動作變得遲緩，體溫也一點一點下降。

如果跟那時候一樣有小妖陪伴，多少能壯壯膽。

「不可能，這裡又不是京城……」

從沒見過的樹木成林，草又高又茂密。

幸虧現在不是冬天，不必擔心會凍死。

但是若再繼續這樣淋雨，身體會愈來愈冰冷，手指現在就已經凍僵了。

喘得肩膀上下抖動的彰子，聽到在雨聲之外，傳出了草叢搖曳的摩擦聲。

她緊張地四下張望，拚命加快腳步。

說不定是真鐵或真赭發現她不見，追上來了。

不能被抓到。他們說要把她當成祭品，假如被帶回去，就會被獻給荒魂。

「荒魂……到底是什麼？」

那東西的言靈很可怕，就像怎麼也揮不去的恐懼纏繞在肌膚上，絕對忘不了。

有東西窸窸窣窣地接近了。

彰子倒抽一口氣，再也忍不住地尖叫起來。

「哇！」

全身濕透的茂由良被叫聲嚇得從草叢跳出來。

轟隆巨響，閃光把周遭照得白晃晃。在光亮中看到一身毛的彰子，虛脫地癱坐下來。

「茂由良……」

速度超快的心跳聲，在耳邊喧噪地鳴響著。

靠近被雨淋得塌下來的白毛，彰子有種莫名的安全感。

啊！對了，它的顏色跟小怪有點像。

想到這件事，彰子噗哧笑了起來。

茂由良疑惑地偏起頭。

「怎麼了？妳真奇怪。」

「啊！對不起，沒什麼，只是覺得你有點像小怪……」

茂由良瞇起眼睛，懷疑地看著彰子。

「小怪？那是什麼東西？」

「就是怪物小怪，常常跟昌浩在一起。」

茂由良眨了眨眼睛，總覺得哪裡有問題，用前腳抓抓脖子一帶，東看看西瞧瞧，在記憶中搜尋。

「茂由良，你怎麼了？」

看一眼訝異的彰子，又偏起頭來思索的茂由良，好不容易才從記憶的一角搜出了那個名字。

「對了，那小子也叫昌浩。」

彰子張大了眼睛。

「咦……？」

「他帶著很多大大小小、長得很像人類的怪物，年紀跟珂神差不多，那是很常見的名字嗎？」

彰子乘機問它：

「那個昌浩是怎麼樣的人？我認識的昌浩是個陰陽師。」

「陰陽師？」

茂由良又偏起了頭。這個名詞很陌生，但好像在哪裡聽過。

嗯～嗯～沉吟的茂由良，想起帶著小怪物的昌浩曾經說過的話。

「啊！沒錯，那個昌浩也說過自己是陰陽師。」

彰子把茂由良的臉轉向自己，眼睛閃閃發亮地說：

「是昌浩！茂由良，昌浩在哪裡？」

「在哪裡……喂，妳要回九流族府邸呀！如果放妳走，我會挨罵。」

茂由良齜牙威嚇，彰子拚命搖頭說：

「不，我不要回去。我聽到真赭和真鐵說的話，他們說的話好可怕……你說的珂神，其實不是叫珂神……」

茂由良目不轉睛地看著語出驚人的彰子，豎起了眉毛。

「妳胡說什麼？珂神就是珂神，從出生時就是珂神了。」

彰子搖搖頭說：

「可是真赭說，就是因為真鐵叫過珂神比古之外的真正名字，才發揮不了禁錮的能力。」

奮力解釋的她，眼裡沒有半點虛假。憑野獸特有的敏銳看穿這一點的茂由良覺得很困惑，不停地眨著眼睛。

「怎麼會這樣……珂神明明就是珂神……」

「我聽到他們說不是啊！」

茂由良望向九流族府邸。

彰子絕對沒有說謊。如果她說謊，應該可以從哪裡看得出來。而且，她是被珂神和真鐵帶來當祭品的，不可能捏造得出這樣的謊言。

茂由良莫名其妙地慌張起來，彰子苦苦哀求它。

「求求你，帶我去昌浩那裡，茂由良，拜託你……」

「可是……」茂由良猶豫著。

即使彰子說的都是真的，它也不能放她走。

怎麼辦呢？

在頭腦一片混亂中思考的茂由良，眼睛一亮說：

「對了，去珂神那裡吧！」

「咦……？」

對自己的靈光一閃感到欣慰的茂由良興奮地說：

「珂神是大王，應該知道怎麼辦。要不要用妳當祭品，最後也是由珂神決定。」

「怎麼這樣……」

彰子不由得往後退，茂由良逼向她，恐嚇她說：

「妳不去珂神那裡，我就帶妳回九流族府邸。」

想起真赭和真鐵的對話，彰子縮起了身體，心想去珂神那裡，應該會比回府邸好吧！

彰子點點頭，茂由良催她坐到背上，開始在森林裡飛速奔馳。

珂神疲憊不堪似的坐在地上好一會兒後，搖搖頭，站了起來。

「比古。」

昌浩跟著站起來，珂神轉身看著他，深思著說：
「我會找出送回荒魂的方法。」
看到昌浩張大了眼睛，珂神黯然地說：
「茂由良說荒魂很可怕……老實說，我也怕。」
那雙紅眼睛總是閃耀著無生命的光芒，盯著珂神。眼睛深處的東西，怎麼也看不透。八岐大蛇是兇暴之神，珂神縱然擁有自由操縱它的能力，也無法看透神的思維。
「還沒獻上做為關鍵的祭品，所以說不定還有辦法把它送回去……也把從道反搶來的鱗片送回去。」
昌浩嗯地點點頭，鬆口氣地笑笑。
珂神把一隻手按在額頭上，又消極地接著說：
「可是，真赭和真鐵會不會聽我的話，我沒有自信。」
「我也沒什麼自信啊！但是，比古，你不是聽了我的話嗎？應該會像這樣吧！」
「會嗎？」
「會的。」
「是嗎……」
珂神點點頭，四處張望。找到掉落在泥濘中的劍，撿了起來。再拿起泡在附近水窪裡的筆架叉，仔細觀察劍身的結構。

默不作聲的勾陣走向珂神，把手伸向他。

珂神默默交出筆架叉，把自己的劍插回劍鞘後，轉身離去。

「比古。」

被叫住的珂神，轉身面向昌浩。跟他差不多年紀的人類少年開朗地對著他說：

「我會在聖域待一段時間。」

「我知道了。」

珂神說完就轉身走了，這次昌浩沒再叫住他。

昌浩鬆口氣，又癱坐下來。

不知何時變了模樣的小怪，滿臉無奈地繞到他旁邊說：

「你白癡啊！竟敢用被評斷為毫無天分的劍術向他挑戰，真是瘋了。」

昌浩面有難色地說：

「可是，我不想對人類使用法術嘛！」

聽到這句話，晴明瞠目結舌。他眨眨眼睛，在心中嘀咕著：

是為了遵守爺爺的交代嗎？

勾陣瞥見晴明的嘴角浮現笑容，就把視線轉向了風音和六合。

六合已經站得比剛才穩多了。風音披著六合的靈布，是為了隱藏從布的縫隙之間隱約可見的血漬吧！

有人為了讓大蛇復活，殺她取血。她的軀體曾經失去生命，被藏放在聖域，恐怕沒辦法撐太久。

勾陣遙望著烏雲密佈的烏髮峰。

閃電不時從雲間擊落下來。這裡持續下著大雨，那片烏雲中似乎也有劇烈的雷電舞動著。

「八岐大蛇在那座山上嗎？」

勾陣喃喃詢問，晴明表情僵硬地說應該是。

昌浩讓小怪坐在肩上，也望向烏髮峰。

珂神說要把大蛇送回去，但他總覺得八岐大蛇不會聽珂神的話。

「珂神是大蛇」這句話，是昌浩下意識脫口而出的。陰陽師昌浩的直覺，讓那句話產生了言靈。

忽然，昌浩瞇起眼睛，感到些微寒意。

這是怎麼回事？

「小怪，我……」

「嗯？」

「我有不祥的預感。」

小怪把夕陽色的眼睛轉向他，看著他忐忑不安的臉。

白色尾巴一甩，小怪瞇起眼睛說：

「你才剛跟他約定好呢！剛才我費盡唇舌你都不聽，堅持己見，現在又不相信珂神了？」

「是比古。」

小怪板起了臉。昌浩抓抓它的頭，瞇起眼睛說：

「我相信比古……但是，有不祥的預感。」

「陰陽師的直覺嗎？」

小怪嘆口氣，回頭看看晴明。

默不作聲的晴明，文風不動地注視著鳥髮峰。

小怪與勾陣面面相覷。晴明似乎也跟昌浩一樣，感覺到什麼不好的事。

環視周遭一圈的小怪，陷入沉思中。

六合暫時不能作戰，勾陣也還沒痊癒。長時間使用離魂術的晴明，也差不多該解除法術，回到本體了。

因為聖域的神氣而逐漸復元的昌浩，也因為一場打鬥，顯得疲憊不堪。

半閉著眼嘆息的小怪低聲嘟囔著：

「這下要怎麼辦呢……」

然後，它想到正在封鎖第一個頭的玄武他們。

希望他們能再多撐一會。

如果珂神比古可以信賴，大蛇很快就會被送回黃泉之國了。

「騰蛇，接下來怎麼辦？」

走過來的勾陣，視線高度比昌浩還高。坐在昌浩肩上的小怪思索著該怎麼辦，目光停留在她腰間。

對了，另一把筆架叉掉入河裡了。

在她的肩膀痊癒前，要想辦法補齊才行。

小怪漫不經心地想著這些事，開口說：

「不管相不相信比古，我們都需要休息，不如先回聖域吧？」

然後，它忽然把視線轉向臉色蒼白的風音。

「也要向大神、女巫和守護妖們報告她平安無事才行。」

風音以強忍痛楚的眼神，注視著努力壓抑情感的小怪。

曾經因為她的計謀而飽嘗地獄滋味的神將騰蛇，有責怪她的權利。

風音的身體下意識地僵硬起來，六合把手搭在她的肩上。她赫然抬起頭，眼睛與朝霞般的平靜雙眸交會。

神將的眼眸雖然表情不夠豐富，卻比言語更能傳遞心聲。

看到他示意不用擔心的眼神，風音默默點了點頭。

疾馳著尋找珂神的茂由良，發現附近有可疑的影子蠢蠢欲動，追著自己。

「到底是什麼？」

茂由良減緩速度，掃視周遭一圈。

看起來像是無數人影，那種感覺很熟悉。

它訝異地皺起眉頭。

「那應該是……」

茂由良先躲進樹叢裡，叫閉著眼睛緊緊抓住自己的彰子下到地面。

彰子聽從指示下來，正要開口就被制止了。

灰白狼壓低聲音，在彰子的耳邊竊竊私語：

「妳躲在這裡，我去引開他們。」

彰子害怕地縮成一團。

「有什麼東西嗎？茂由良，不會有事吧？」

「不用擔心，還有，如果見到珂神，就把妳聽到的話一五一十地告訴他，不然他會把妳帶回我母親和真鐵那裡。」

「知道了。」

彰子認真地點點頭，茂由良看著她，眼神忽然變得柔和。

「彰子，妳的眼睛有點像珂神。」

彰子驚訝地眨眨眼睛，茂由良舔掉她臉上的泥巴，有所領悟似的自顧自說著原來如此、原來如此。

彰子不懂地偏起頭說：「像……？哪方面像？」

被說眼睛像不曾見過的人，她也無從想像。

灰白狼看起來好像很開心。

「你們的眼神都很溫柔。珂神現在有任務，表情常常都很嚴肅，其實他是個很溫柔的人，一笑起來，眼神就很溫暖、親切。」

那張臉看起來真的很開心，連彰子都不由得放鬆了表情。

「茂由良，你很喜歡珂神呢！」

狼理所當然似的猛點頭。

「珂神、多由良和真鐵，我統統都很喜歡。我母親有點可怕，可是我還是喜歡，所以，我會為他們努力去做很多事。」

茂由良甩甩疼痛的腳，笑了起來。彰子輕輕摸摸它的傷口。

「嗯？」

彰子對滿臉疑惑的狼笑笑說：

「這叫觸摸治療，光觸摸就能療傷，是昌浩和小怪教我的。」

「彰子，妳很喜歡昌浩和小怪呢！」

聽到回敬似的台詞，彰子先是睜大雙眼，接著點了點頭。

茂由良讓彰子觸摸了好一會兒之後，驚訝地舉起尾巴說：

「啊！真的不痛了。彰子，妳好厲害。」

「厲害的是知道很多這種事的昌浩和小怪。」

茂由良搖頭晃腦地說：

「記得這些事才厲害呢！珂神教我的事，我都很快就忘了。」

但是，不管問珂神多少次，他都會笑笑說「真拿你沒辦法」，再教一次。

「我該走了，彰子，妳不會有事的，不用擔心。」

茂由良正要往前衝時，尾巴冷不防地被彰子抓住。
「好痛！妳幹什麼啊！彰子……」
被大聲抗議，彰子才發現自己抓住了茂由良的尾巴。
她慌忙放開，盯著茂由良說：「小、小心點。」
一身灰白毛的溫和妖狼偏起頭看著彰子，安撫似的舔舔她的臉頰，接著便像疾風般奔馳而去了。

茂由良衝出去的同時，無數的影子也開始跟著它跑。
確定全都跟來了，茂由良才安下心來。
彰子是祭品，萬一讓她受了傷，珂神會生氣。
但是，它也不想再讓彰子感到恐懼了。
彰子害怕的樣子很可憐，可以的話，它也不太想讓她成為祭品。
「這種事是由珂神決定，我說什麼也沒用。」
就在它唸唸有詞時，風颼颼吹起。
無形的刀刃割開雨幕，襲向了茂由良。
勉強躲過的茂由良繼續沒命地往前跑，它的腳又遭到了斬擊。

原本就受傷的地方被刨得更深，茂由良慘叫一聲，倒了下來。

身體骨碌骨碌翻滾後撞到了樹幹，茂由良搖搖晃晃地站起來，拚命躲開直撲而來的黑影，但是沒躲過，受到強烈衝擊。

「唔……！」

嵌入肚子的衝擊，感覺又細又硬，很像人類的拳頭。

妖狼茂由良在黑暗中也看得很清楚，只是痛苦得張不開眼睛。

接著，不知道什麼東西，又狠狠把吐血倒下的狼踢飛出去。

摔到地上的茂由良拚命撐開眼睛。

摸黑攻擊的敵人，是有著人類外型的生物。

但不是人類，沒有人類的氣息。

茂由良把持住逐漸模糊的意識，搖搖晃晃地站起來。

它必須回到有母親、真鐵在的九流族府邸。

一定會挨罵。被打得落花流水，連滾帶爬逃回去的茂由良，完全沒有辯解的餘地。

但是不管怎麼罵，珂神都會像痛的是自己般，幫它治療傷口，所以再痛也可以忍受。

在朦朧的視野角落，有人衝過來，把茂由良撞飛出去。

胸口一帶掠過衝擊。

有東西抓住茂由良的前腳，把它無法抵抗的背撞向樹幹。

茂由良覺得呼吸困難，意識逐漸模糊。

血泡從它哼哼呻吟的嘴巴溢出來，弄髒了灰白色的毛。

躺平的茂由良再也動彈不得，一陣風吹過它的背，瞬間，裂開好幾道傷痕，噴出鮮血。

心臟每跳一下，就噴出血來，染紅了灰白色的毛。

狼前腳使力，試著站起來，但是身體被施加重壓，又陷進了泥濘裡。

喘得快沒氣的狼，被什麼東西毫不費力地舉起，丟向了樹幹。

茂由良連叫都叫不出來，從樹幹滑落下來，四肢顫抖，痛苦地掙扎著。

「珂……神……」

眼睛已經看不見了。

怎麼辦？這樣回不了家。

珂神一定又會露出自己很痛似的表情。

啊！對了，至少可以在河裡把身上的血洗乾淨。只要安靜地待一會兒，背上的血應該就不會再流了。

然後，就可以像平常一樣說：

放心吧！我還可以繼續努力，不用擔心。

它知道，一這麼說，珂神就會露出難過的眼神。可是它也知道，如果說不要再繼續下去了，那雙溫柔的眼睛也會不知所措。

好不容易緩緩張開的眼睛，像石頭般沉重。

還是下著雨的烏雲中，不時有雷電閃過，響起啪哩啪哩的劇烈雷鳴。

忽然，腦海中閃過被留在樹叢裡的彰子的臉。

她怕打雷。女孩長得比珂神小、比珂神纖瘦，手指又柔又暖，但是，眼睛跟珂神一樣溫柔。

於是，它想起了某人。

想起明明是敵人，卻保護了珂神和自己的少年。

如果彰子說的「昌浩」就是那個少年，那麼，他應該也有著一雙溫柔的眼睛。

啊！對了，應該告訴彰子。

昌浩不知道為什麼差點被河流沖走時，是珂神救了他。

珂神回來後說，真希望可以跟他多聊一些話呢！

所謂朋友，應該就像那樣吧——

抓著泥土的爪子愈來愈沒力了。

在雨聲與轟隆雷鳴中，茂由良恍惚地閉上了眼睛。

不知道為什麼好睏。

覺得特別疲倦，在這裡小睡一下應該沒關係吧！

奇怪，我是來找珂神的啊！

竟然還沒開始找就累了。

「珂……」

可是，珂神一定不會有事，所以我應該可以在這裡休息一下吧！

遠處傳來樹木窸窸窣窣的摩擦聲。

有誰往這裡來了。

在沉沉睡去的最後的最後的意識角落，茂由良低聲叫喚著：

「……——」

那是幾乎同時誕生的雙胞胎哥哥的名字。

一個身影低頭看著靜止不動的狼，猛然蹲下來，從容地揮起了手。

閃電照亮了附近一帶。

高舉的手上握著細長的劍，在電光反射下閃爍著銳利的光芒。

11

——就這麼說定了哦！

在森林裡蹣跚前進的彰子不時在心中默唸著：
「茂由良……你一定要平安無事……」
從剛才，就有莫名的焦躁感在心中蔓延開來。
茂由良離去時的背影，深深烙印在眼底，怎麼也揮不去。
忽然衝出一個身影，擋在強忍著淚水拚命往前走的彰子面前。
彰子發出慘叫聲往後退，看著她的人橫眉豎目地大吼：
「妳怎麼會在這裡?!」
雷聲大作，劃過的閃光照亮了那個身影。
是沒見過的臉。
彰子戰戰兢兢地問：
「你是……珂神？」
珂神難掩憤怒地說：
「茂由良和多由良在做什麼？竟然讓祭品逃走……」
彰子張大眼睛，對珂神說：
「茂由良、茂由良有危險！」
「什麼？」

驚訝的聲音被雨聲掩蓋住。彰子指著灰白狼奔馳而去的方向，對滿臉疑惑的珂神說：「茂由良有危險！有東西在追它，我有不祥的預感，快去救它！」

「慢、慢著，妳說的不祥預感是什麼？」

珂神照指示看過去，彰子焦慮地拉起他的手說：

「快……！茂由良叫我遇見你就告訴你……！」

「茂由良？喂，妳怎麼會在這裡？真赭跟真鐵在做什麼……」

珂神清楚看到彰子的肩膀大大顫動著。

沒有血色的臉龐更加蒼白了。

「對了……我必須告訴你，你不是珂神。」

突如其來的話，讓珂神懷疑自己的耳朵。

剛才不是也有人說了同樣的話？

「妳是誰……為什麼跟昌浩說同樣的話……」

「你知道昌浩？」

珂神點點頭，彰子迫不及待地追問：

「昌浩在哪裡？我要回到他身旁。」

表情扭曲得就快哭出來的她，還是堅守最後防線，強忍住淚水。

「我討厭這裡……！真緒說的話好可怕，我聽見她跟真鐵說，你的名字不是珂神，你有真正的名字。」

「妳說什麼……」

昌浩是怎麼說的？

——比古，你不是珂神！

昌浩一次又一次重複這句話後，還說……

——珂神是……大蛇……！

珂神不懂，他無法理解昌浩他們在說什麼。

不管他們如何強調這是事實，不管他們重複多少次，珂神都找不到理由相信他們說的話。

彰子搖搖頭說：「你不相信我說的話也沒關係，但是，真的有人追殺茂由良，求求你，去救茂由良……！」

就在這時候——

遙遠的彼方傳來狼嗥聲。

彰子倒抽一口氣，茫然地說：

「是……茂由良？」

尾音拖得無限長的遠嗥劃破雨聲，響徹山間。

它沒事？彰子這麼想，鬆了一口氣。

珂神握住彰子的手抓得太用力，讓彰子皺起了眉頭。她回頭看珂神，不禁驚訝得說不出話來。

驚愕地張大眼睛的珂神，注視著遠嗥的方向。

閃光把那一帶照得亮晃晃。

看到燃燒視野的雷電，彰子不由得閉起了眼睛，嘶啞的低喃聲灌入她耳中。

「不可能……」

「珂……」

「走！」

珂神拖著正要開口說什麼的彰子，飛也似的衝了出去。

大蛇的第一個頭被鎖在玄武的波動牢籠中，只能轉動眼睛，遙望著鳥髮峰。

直瀉而下的大雨沖刷著身體，正逐漸削弱牢籠的力量，而大蛇的妖氣也逐漸在恢復強度。

天一正跟玄武一起把通天力量注入牢籠，白虎和太陰看著她的背影，沉重地嘆了口氣。他們兩人都有極限，不可能一直這樣撐下去。

「你想有沒有找到晴明？」

「很難說，沒有接到任何通知，就無從知道狀況。」

白虎說得很冷靜，太陰滿臉憂鬱地抓著頭。

「你說得沒錯……可是……這樣乾等實在不合我的個性。」

「既然這樣，幹嘛不跟昌浩他們去？我從剛才就一直跟妳說我無所謂啊！」

太陰瞪白虎一眼，用力擠出聲音說：

「我……我也從剛才就一直告訴你，騰蛇在昌浩那裡，所以我不想去啊！」

白虎無奈地嘆息。

紅蓮對昌浩的激烈態度，使太陰產生過度反應。要說情有可原也的確是，不過，最近多少有比較緩和的關係又倒回從前，而且感覺更嚴重了。

紅蓮本人根本沒放在心上，但是，看到太陰那麼害怕，白虎也覺得有點可憐。當然，他知道紅蓮並沒有什麼惡意，也不希望變成這樣。

只能說他們兩人八字不合。

依白虎看，紅蓮對昌浩令人難以理解的行動發飆，並沒有什麼不對。任何人都看得出來，錯在堅持己見、不肯退讓的昌浩。

昌浩自己也知道，卻怎麼樣都不肯低頭。

「會不會是反抗期呢？」

現場的狀況這麼緊張，白虎卻說出這種不太合場面的話，將雙臂環抱胸前。

不過，就白虎所知，昌浩對自己的父親吉昌好像不曾有過什麼類似反抗的行為。反抗期很重要，沒有這段時期就麻煩了，可是，不是針對自己的父親，而是針對神將們做出反抗的行為，好像也不太對。

「嗯……只要昌浩和騰蛇都不在意就行了吧？」

白虎想起兩個人，同時回顧昌浩出生後的種種事情，下了這樣的結論：

當昌浩面臨反抗期時，他的反抗對象，再怎麼想都應該是騰蛇或晴明。

因為最照顧昌浩的就是這兩個人。

「不，慢著。」

察覺自己的見解有誤，白虎試著做修正。

如果對象是晴明，那麼，昌浩的反抗期可以說早就開始了。回想起來，行元服禮時，他曾經直截了當地說不要當陰陽師。晴明雖然知道他有他的理由，但還是有點沮喪。

當時還沒在昌浩面前出現過的神將們，都覺得老實告訴他，說不定可以緩和他的情緒，只是沒說出口。

白虎感嘆地聳聳肩膀，忽然覺得有人叫他，看了看周遭。

「太陰，妳叫我嗎？」

看著天一背影的太陰搖搖頭說：

「我沒叫你啊……怎麼，有誰叫你嗎？」

「嗯，是誰呢？」

太陰飄到半空中，讓視線跟白虎齊高，偏頭思索著。

「我沒聽見，你卻聽見了，可見是……」

白虎猜出太陰要說什麼，點了點頭。

「果然是晴明？」

「應該是。」

白虎放下環抱胸前的手臂，身體立刻被風緊緊纏繞。

「我去找找看，這裡交給妳了。」

「了解。」

白虎把揮手道別的太陰留在現場，自己飛上了天空。把目標鎖定在昌浩他們前往的方向，在雨中奔馳的他，飛了一段距離後，就感覺到一股灼熱的鬥氣。

瀰漫的瘴氣像雲霧般覆蓋著河面，主人和其他同袍們就站在一片空曠的河岸上仰望著他。

白虎無聲地降落，興味盎然地看著釋放鬥氣以標示所在位置的小怪。

「幹嘛？」

小怪懷疑地皺起眉頭，身體壯碩的風將眼神柔和地說：

「沒什麼，只是覺得你會做這種事很難得。」

知道他是在說用來代替狼煙的鬥氣，小怪不悅地瞪了他一眼。

「她和他都變成這樣，除了我之外，還有誰能做？」

白虎看看勾陣和六合，點頭表示同意。

「沒錯，的確是這樣。」

所有人都在大樹下躲雨，白虎走過去，仔細地打量他們。

看到他們傷成這樣，竟然有點覺得好笑。

三名鬥將齊聚，卻有兩名不能作戰，實在太悽慘了。

最後，他的視線停留在緊挨著六合的風音身上。老實說，在這之前，白虎從來沒有見過風音本人。

只見過軀體被奪走後的模樣，這是第一次見到會動的她。

原來如此！白虎恍然大悟，總算知道六合為什麼那麼激動了。

他在內心咂咂舌，想著：原來有沒有靈魂差這麼多，給人的印象完全不一樣了。

「道反公主啊？的確是……」

容貌與靈力分別遺傳自大神與女巫的特色，由內側散發出來的清純感，更烘托出那些特色。

體內蘊藏的力量似乎比被智鋪宗主當成棋子時更強大了。因為軀體被放在道反聖域期間，污穢逐漸散去，恢復了她原有的光輝。

守護妖嵬曾感嘆地說再也無法挽回了，它會這麼說，應該是因為軀體在完全淨化前不該覺醒，她卻被喚醒了。

一度被斬斷的東西，要恢復原狀，不是件容易的事。繼承神之血脈的她，應該跟神一樣，擁有幾近於不死的生命，這方面究竟會不會受到影響，目前還無法判斷。

風音察覺白虎默默深思的平靜視線，轉頭看著風將。

可能是淋雨淋得太冷而披上六合靈布的她，臉色蒼白，毫無血色。

「晴明，要回聖域嗎？」

年輕人模樣的晴明站起來，對白虎點點頭。

「雖然有點擔心大蛇的第一個頭……」

「有玄武和天一困住它，只要沒什麼意外，目前應該不會發生什麼事。」

這樣就可以稍微安心了。

晴明呼地鬆口氣，拍拍昌浩的肩膀，他正目不轉睛地盯著烏雲籠罩的烏髮峰。

「昌浩，回聖域了。」

「爺爺……」

抬頭看他的眼睛帶著陰鬱，晴明不解地皺起眉頭。

「怎麼了？你擔心什麼嗎？」

「沒擔心什麼，只是……」

只是「珂神」這個言靈，一直在耳邊繚繞不去。

珂神比古是祭祀王代代傳承的名字，其中蘊涵的意義，究竟是……？

再怎麼想，也不可能有明確的答案。明知如此，還是不能不去想。

晴明露出深思熟慮的眼神，開口說：

「昌浩，你對比古說，珂神是大蛇，你為什麼會那麼想？」

昌浩微微張大眼睛，什麼也沒說，只是搖著頭。

「靈光一閃嗎？」

「嗯……真的只是那樣。」

聽著兩人對話的神將們，彼此的視線默默交會。

只是靈光一閃。

但那是陰陽師的直覺。

倘若是對言靈產生反應而有的直覺，就不會沒有意義。

昌浩面向轟隆隆作響的紅色急流，把嘴巴抿成一條線。

燃燒的紅色河川；在黑暗中舞動的無數紅色螢火蟲；隱藏在珂神之名中，來歷不明的言靈，以及逐漸甦醒的八岐大蛇。

這些事物之間，的確都有關聯。

甩甩頭轉換心情的昌浩，忽然屏住氣息，猛地望向鳥髮峰。

響徹天際的野獸咆哮聲，隱約從遠處傳來，消失在雨聲與急流的飛沫中。

昌浩的心跳加速。

不由自主地前進幾步，任憑豪雨打在身上的昌浩，茫然地喃喃唸著：

「……比古……？」

✕ ✕ ✕

珂神硬拉著好幾次差點被絆倒的彰子，橫衝直撞地往前走。

他有不祥的預感。

響徹天際的是狼的遠嗥聲；是從珂神懂事前，就跟他一起長大，情同兄弟的狼所發出來的聲音。

他心急如焚，很想告訴自己，這只是自己想太多，然而，總是有個人在腦中否定他這樣的想法。

「珂……神……」

珂神拉著呼吸急促的彰子的手，終於走到了目的地。

他用力撥開擋住視野的樹叢，把積在葉子上的水珠全都抖落了。

反射電光而閃閃發亮的水珠，瞬間就被恢復的黑暗所吞噬。

因為一直在黑暗中奔馳，所以即使沒有亮光，珂神的眼睛也可以看清楚周遭。而且，他的夜間視力本來就不錯，因為從小跟可以輕鬆自若在夜間森林奔馳的狼一起長大、玩同樣的遊戲。

終於被釋放的彰子，當場癱坐下來，按著火燒般熾熱的胸口，一股鐵腥味湧上喉頭。

像笛子般咻咻鳴響的喉嚨，熱得彷彿不是自己身上的一部分。

幾乎喘不過氣來的彰子，在逐漸緩和的呼吸中，努力觀察四周。

因為一直待在山中，眼睛多少適應了黑暗。

珂神的視線前方，坐著一隻野獸。

「茂……由……良？」

斷斷續續的低喚聲，被雨聲和雷鳴淹沒了。

珂神呆呆站立著。

注視著張開眼睛卻動也不動的野獸的背影，連呼吸都忘了。

響起穿越樹叢的嘎沙嘎沙聲。

彰子緩緩轉過頭去。她認得眼前這個人，他就是彰子在九流族府邸時，從門縫裡瞥見過一眼的年輕人，個子比珂神高。

真鐵走到呆呆站著的珂神身旁，順著他的視線望過去，倒抽了一口氣。

一頭野獸如雕像般坐著，動也不動。

雷電閃過，照出文風不動的狼，身上是近似黑色的灰黑色毛。

瞬間照得很清楚。

目瞪口呆的彰子，眼神愕然凝結。

閃電再次出現，銀白色的亮光照出地面，更加強烈的閃爍鮮明浮現，扎刺著眼睛。

身體僵直不動的玏神像被光芒砍斷了咒縛般，跨出了僵硬的腳步。

少年往前走，一步一步走得踉踉蹌蹌。

眼睛動也不動地注視著某一點。

不久後，他走到灰黑狼旁邊，膝蓋無力地彎下來，雙手扶著地上。

連眨都忘了眨的雙眸，看著緊閉眼睛躺在地上的灰白狼。那雙眼睛已經看不到感情的色彩，帶著有如無生命的黑曜石般的深邃。

閃光伴隨著轟隆聲起舞，啪哩啪哩劃破天際的聲響，撼動了地面。

玏神緩緩伸出了手。

應該從背部的無數傷痕大量失血過吧？只是被下個不停的雨沖刷得乾乾淨淨，灰白毛又恢復了原來的顏色。

虛脫地閉著眼睛的臉，就像沉沉入睡。

玏神常常看到它把下巴放在交叉的前腳上，閉著眼睛的模樣，所以下意識地開口叫它：

「茂由良……？」

平常見到玏神就會啪噠啪噠甩動的尾巴，毛看起來有點僵硬。

再也不會張開的嘴巴，微微露出顏色暗淡的舌頭。

顫抖的手伸向一次又一次撫摸過的脖子，握住了殘酷地插在那裡的兇器。

珂神看過這把兇器。

是形狀怪異的細長武器，細長的劍鍔順著劍身彎曲——

「……」

以渾身力量拔出了筆架叉的珂神，握緊了拳頭。

灰黑狼注視著灰白毛的弟弟，一句話也沒說。

在很久以前，這兩隻狼曾並肩說過：

——就這麼說定了哦！

我們要永遠在一起，這樣就不會寂寞了——

「那……那是……」

彰子難以置信地看著勾陣的筆架叉，驚訝得說不出話來，聽到了淒切而悲哀的遠嗥聲。

「……——！」

灰黑狼像決堤般，高聲咆哮起來。

真鐵注視著兩隻狼，握緊了顫抖的拳頭。

握著筆架叉的珂神，再次呼喚那個名字，聲音聽起來卻很平靜。

「茂由良……」

通常，它會抖動豎起的耳朵，再以啪嘰作響的氣勢猛然張開眼睛。

一聽到叫喚，就會轉過來，總是偏著頭，開心地回應：

──啊！珂神……

然而──

沒有任何回應的聲音。

後記

好久不見了，大家近來可好？

第十七集了。《少年陰陽師》的第四個單元「珂神篇」也到了第三集，劇情有了驚天動地的進展，算有吧？在這一章，有很多人說狼兄弟很可愛，尤其是茂由良。

說到例行的人氣排行榜，《The Beans》雜誌也做了《少年陰陽師》的人氣投票，不過，那邊是把小怪和紅蓮分開計票。嗯……原來應該分開啊……

所以，以前一直以「小怪」（包括紅蓮）的形式計票的人氣排行榜，這次試著把小怪和紅蓮分開了。

第一名是主角安倍昌浩，上集傷得那麼重，一時還真擔心他會怎麼樣呢！主角果然還是很強。

同樣是第一名的神將六合，票數跟昌浩一樣。上一集的最後發生那種事，很多讀者都很擔心他的生死。

第三名是怪物小怪，人氣屹立不搖，安全滑入第三名。

接下來依序是紅蓮、勾陣、珂神比古、玄武、風音、彰子、朱雀、青龍、敏次、太裳、結城。

如果以「小怪」（包括紅蓮）的形式計票，第一名就是小怪，昌浩和六合同票數，都是第二名。到底該不該合在一起計票，是個大問題。雖是同一個人，但感覺上是被當成不同的角色，所以，好像也不該忽略這一點。

以後投票給小怪或紅蓮的人，如果可以發表這方面的意見給我當參考，我會很開心。寫「替朋友投票」的部分，也都有算進去，所以請大家放心。

前幾天，我去珂神篇的舞台「島根縣的奧出雲」蒐集資料。

計程車開在彎彎曲曲的山道……我暈車暈得亂七八糟。

同行的N川小姐和負責Media的小M都沒事，害我打從心底詛咒我脆弱的三半規管。小M還在拐來拐去的計程車裡，遊刃有餘地打著電腦，簡……簡直是怪物！

必須去見大蛇的義務感，讓我熬過了這段路。這次是特地來見大蛇的，可是在最後一天，越過縣境，不知道為什麼也去見了鬼太郎。

採訪的過程請看「少年陰陽師」官方網站的Blog「陰陽寮日記～簡稱孫log（哪像簡稱嘛）」。所謂Blog，是「少年陰陽師」工作人員書寫各種事情的公開日誌，還有刊登照片。

至於我的官方網站「狹霧殿」，寫的是日記，不是Blog。

http://seimeinomago.net（PC & Mobile通用）

這個通稱「孫NET&孫手機」的網站，關於「少年陰陽師」的訊息，比任何地方都快。想知道什麼的人，不妨逐一查詢電腦或手機。

電視卡通「少年陰陽師」終於決定播放了。

在關西電視台、東海電視台、神奈川電視台、千葉電視台、埼玉電視台等開始播放。各電視台的詳細播放日期、時間，請查詢孫NET&孫手機。

對了，為了替即將開播的卡通「少年陰陽師」~簡稱「孫卡通」（哪像簡稱嘛）的節目加油，成立了一個會。結城被冊封為名譽會長。我本來想經由一般途徑入會，結果被大驚失色的工作人員阻止，這件事我無法告訴任何人。

卡通「少年陰陽師」公認後援會（正式粉絲俱樂部），簡稱「孫部」（哪像簡稱嘛）。在限定期間入會，就會有好康可拿哦！至於是什麼好康，請查詢孫NET&孫手機，說不定還會有孫部會員限定商品哦……這是連製作很多「少年陰陽師」周邊商品的Animate也沒有，只限孫部會員的商品。

聽說Animate還會有新的周邊商品不斷問世。

關於卡通播放的種種資訊、孫部的詳細內容、「少年陰陽師」周邊商品等，想知道什麼的人，請立刻查詢「少年陰陽師」官方網站～簡稱孫NET&孫手機！

孫NET上有很多這裡沒提到的資訊哦！……應該有吧？

卡通「少年陰陽師」，簡稱「孫卡通」的第一話，老實說，我已經先看過了。太驚人了，昌浩和小怪都在動呢！昌浩說著話、使用法術，在畫面上跑來跑去。小怪的動作很可愛，紅蓮也帥到令人不敢相信。

扮演昌浩角色的甲斐田，與第二代扮演小怪角色的野田之間，你來我往輕鬆愉快。

小西扮演的紅蓮還是很帥，麥人扮演的爺爺，怎麼看都像隻狐狸。

看到他們動起來的模樣，比我在劇情CD第一次聽見他們的聲音時，更讓我感動，淚如泉湧。

《少年陰陽師》這部作品，可以得到這麼多人的厚愛，被珍惜再珍惜，真的很幸福。敬請大家期待！

Media兄弟的三男終於動起來了，但是，長子劇情CD與次子電台的表現也毫不遜色。

劇情CD系列的「天狐篇」開始錄製了。由檜山修之扮演凌壽、矢島晶子扮演晶霞，天狐篇第一集「真紅之空」，前幾天已經發行了。之後會陸陸續續發行，這方面也

敬請大家期待！

關於次子電台，為了感嘆收不到電波，也沒有網路環境可以收聽的人，還出版了廣播簡約版的ＣＤ。

「少年陰陽師　電台ＣＤ　第一集　來自彼方的聲音～簡稱『孫電台』（哪像簡稱嘛）」。所謂第一集，就是這樣吧，呵呵呵！對了，「（哪像簡稱嘛）」被省略了，所以上面沒有印出來，建議各位自己在心裡加上去。

只有手機可以收聽的手機廣播「少年陰陽師　消失在彼方的聲音～簡稱『花絮孫』（哪像簡稱嘛）」，也是對應所有業者，正在播放中，頗受好評。只要有手機，在日本全國各地都可以收聽，是會讓人會心一笑的內容。不過，聽說不對應部分舊機種。

還有，逐漸呈現全貌的四男遊戲。

ＰＳ２專用遊戲「少年陰陽師　歸天之翼」，目前正緊鑼密鼓地製作中。呃，好像是什麼全語音版（Full Voice）吧？完全不會玩遊戲的我，對這方面實在不太瞭……

遊戲的故事全新創作，我邊採納遊戲組的意見，邊劈里啪啦完成了新作品。他們說是完全平行的故事，要怎麼寫都可以，所以我就讓窮奇的雙胞胎弟弟出來了（笑）。而且，角色設計完全由ASAGI監修。今後應該不斷會有詳細訊息出來，所以請隨時查詢遊戲雜誌哦！

但是最快的方法，還是查詢冠上官方網站之名的孫NET＆孫手機。

我也常常看電腦跟手機。

對了，凡是與Media相關的東西，對我來說都是孫子，孫子還真多呢！

Media相關產品都在奮鬥中，所以我也很努力，絕不會輸給它們。

寫小說很辛苦，但是很快樂，能改變成種種型態，又是另一種樂趣。

不過，最根本的原動力，還是讀者們寫來的感想信件。看到讀者說很好看，就有力氣再努力下去。雖然沒辦法一一回信，但我全都會拜讀。

想參加人氣投票的讀者，請在信紙容易看得到的地方，寫上「我投〇〇一票」。一封信代表一票。請注意，寫「我投〇〇跟〇〇一票」是無效票。我等著各位來信告訴我，關於劇情CD和電台廣播、卡通的感想哦！

那麼，《少年陰陽師》第十八集見囉！

結城光流

少年陰陽師

拾捌 嘆息之雨 嘆きの雨を薙ぎ払え

2010年3月
即將出版

在一切終結之前，我將迸射出最強的光芒！

九流族誓言要奪回出雲的霸權，因而喚醒了可怕的「荒魂」！身為九流族首領的比古原本被昌浩的真誠所感動，想要找出遣回荒魂的方法，然而見到親如兄弟的茂由良令人難以置信的模樣，又讓他心中產生了決定性的變化。就在這時候，被真鐵當成祭品關起來的彰子，面臨了迫切的危機……

 ●中文版書封製作中

貳拾 無盡之誓 果てなき誓いを刻み込め

「珂神篇」最終完結篇，2010年7月震撼出版！

少年陰陽師

拾玖 歸天之翼 翼よいま、天へ還れ

2010年5月
即將出版

「窮奇篇」外傳，精采好戲登場！

由於昌浩和十二神將的努力，平安京看起來總算恢復了平靜，沒想到就在大家放鬆戒備時，突然又出現了他們從來沒見過的異形！不但昌浩的大哥成親被妖怪襲擊受了傷，還有陰森森的聲音逐漸逼近彰子。眼看情勢變得愈來愈險惡，這時，昌浩和小怪竟遇到了身分不明的敵人……

●中文版書封製作中

國家圖書館出版品預行編目資料

少年陰陽師.拾柒.真相之聲 / 結城光流著；涂愫芸譯. -- 初版. -- 臺北市：皇冠, 2010[民99].1
面;公分. --(皇冠叢書；第3928種　少年陰陽師；17)
譯自：少年陰陽師　真実を告げる声をきけ
ISBN 978-957-33-2613-7(平裝)

861.57　　98023073.

皇冠叢書第3928種

少年陰陽師 17

少年陰陽師——
真相之聲

少年陰陽師
眞実を告げる声をきけ

作　　者—結城光流
譯　　者—涂愫芸
發 行 人—平雲
出版發行—皇冠文化出版有限公司
台北市敦化北路120巷50號
電話◎02-27168888
郵撥帳號◎15261516號
皇冠出版社(香港)有限公司
香港灣仔駱克道93-107號利臨大廈1樓
電話◎2529-1778　傳真◎2527-0904
出版統籌—盧春旭
責任編輯—丁慧瑋
版權負責—莊靜君
日文編輯—許秀英
美術設計—許惠芳
行銷企劃—李嘉琪
印　　務—陳碧瑩
校　　對—余素維・陳秀雲・丁慧瑋
著作完成日期—2006年
初版一刷日期—2010年1月

讀者服務傳真專線◎02-27150507
電腦編號◎501017
ISBN◎978-957-33-2613-7
Printed in Taiwan
本書特價◎新台幣199元/港幣67元